계약서를 써야
작가가 되지

계약서를 써야 작가가 되지

초판 1쇄 인쇄 | 2020년 10월 2일
초판 1쇄 발행 | 2020년 10월 8일

지은이 | 정명섭
펴낸이 | 박영욱
펴낸곳 | 깊은나무

편　집 | 이상모
마케팅 | 최석진
디자인 | 서정희 · 민영선

주　소 | 서울시 마포구 월드컵로 14길 62
이메일 | bookocean@naver.com
네이버포스트 | post.naver.com/bookocean
페이스북 | facebook.com/bookocean.book
인스타그램 | instagram.com/bookocean777
전　화 | 편집문의: 02-325-9172　영업문의: 02-322-6709
팩　스 | 02-3143-3964

출판신고번호 | 제2013-000006호

ISBN 978-89-98822-73-6 (03810)

이 도서의 국립중앙도서관 출판예정도서목록(CIP)은 서지정보유통지원시스템
홈페이지(http://seoji.nl.go.kr)와 국가자료공동목록시스템
(http://www.nl.go.kr/kolisnet)에서 이용하실 수 있습니다.
(CIP제어번호: CIP2020038629)

계약서를 써야 작가가 되지

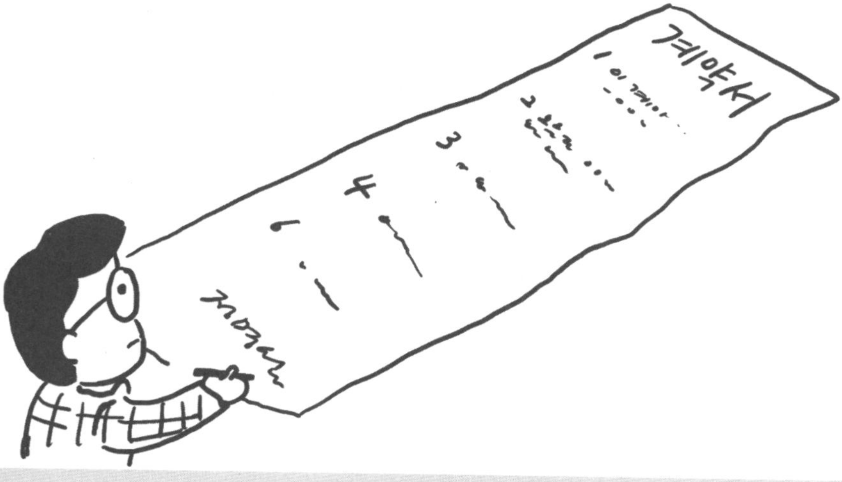

"글 잘 쓰는 것보다
어쩌면 투고 잘하는 것이 중요할지도......"

정명섭 에세이

깊은나무

prologue

인문서

- 조기의 한국사 - 바다에서 밥상까지 이어지는 조기로드에 얽힌 맛있는 역사, 푸른들녘, 2020
- 38년 왜란과 호란사이 – 한국사에서 비극이 반복되는 이유, 추수밭, 2019
- 오래된 서울을 그리다 – 역사 따라 걷는 서울 골목길 산책, 초록비책공방, 2019
- 역사탐험대 – 일제의 흔적을 찾아라, 노란돼지, 2019
- 교과서에 나오지 않는 조선사건실록, 우리학교, 2019
- 셜록 홈스 과학수사 클럽, 와이즈맵, 2018
- 벼락같은 말 (시작하는 나에게 끝내주는 한마디), 생각의 서재, 2018
- 그래서 나는 조선을 버렸다, 추수밭, 2017
- 일제의 흔적을 걷다, 더난 출판사, 2016
- 제국의 그림자 덕혜옹주, 책우리, 2016
- 전쟁사를 움직인 100인, 청아 출판사, 2016
- 웹소설 작가를 위한 가이드 5 팩션, 북바이북, 2016
- 조선의 엔터테이너, 이데아, 2015
- 스승을 죽인 제자, RHK, 2015
- 역사라디오 그날, 글과 생각 출판사, 2015
- 조선직업실록, 북로드 출판사, 2014
- 고려전쟁생중계, 북하우스 출판사, 2014
- 왜 잉카 문명은 멸망했을까? 아타우알파 vs 프란시스코 피사로 / 역

사공화국 세계사법정 29, 자음과 모음, 2013

- 조선백성실록, 북로드 출판사, 2013
- 조선의 명탐정들, 황금가지 출판사, 2013
- 왜 독립협회는 해산되었을까? 홍종우 vs 윤치호 / 역사공화국 한국사법정 49, 자음과 모음, 2012
- 왜 박지원은 『열하일기』를 썼을까? 박지원 vs 심환지 / 역사공화국 한국사법정 41, 자음과 모음, 2012
- 조선전쟁생중계, 북하우스 출판사, 2011
- 왜 인조는 삼전도에서 무릎을 꿇었을까? - 강홍립 vs 인조 / 역사공화국 한국사법정 35, 자음과 모음, 2011
- 암살로 읽는 한국사, 청아 출판사, 2011
- 왜 을지문덕은 살수에서 물길을 막았을까? - 을지문덕 vs 수양제 / 역사공화국 한국사 법정 8, 자음과 모음, 2010
- 왜 신라에만 여왕이 있었을까? - 비담 vs 선덕여왕 / 역사공화국 한국사 법정 7, 자음과 모음, 2010
- 혁명의 여신들, 책우리 출판사, 2010
- 연인, the lovers, 청아 출판사, 2009

소설

- 앉은뱅이 밀 지구 탐사대 - 토종씨앗 앉은뱅이 밀의 힘, 파란자전거, 2020
- 타임슬립 2119 (단편 마트료시카 수록) - 한국사 복원 프로젝트, 사계절, 2020
- 카페 홈즈의 마지막 사랑 (단편 사라진 막걸리 아저씨 수록), 손안

의 책, 2020

- 오싹한 경고장 (단편 미호 문방구 수록), 소원나무, 2020
- 귀문고등학교 미스터리 사건일지 (단편 또 하나의 가족 수록), 씨앤톡, 2020
- 격리된 아이 (단편, 격리된 아이 수록), 우리학교, 2020
- 그들이 세상을 지배할 때, 들녘, 2020
- 당신의 떡볶이로부터 (단편 좀비와 떡볶이 수록), 수오서재, 2020
- 무덤속의 죽음 - 을지문덕 탐정록, 들녘, 2020
- 수상한 바리스타와 사라진 금괴, 주니어 김영사, 2020
- 우리반 홍범도, 리틀씨앤톡, 2020
- 월면도시 Part 1 : 일광욕의 날 (단편, 진시황의 바다 수록), 케비넷, 2020
- 앙상블 (단편, 벙커의 아이 수록), 씨앤톡, 2020
- 저수지의 아이들, 생각학교, 2020
- 민주를 지켜라 - 4.19 혁명 60주년 기념 소설집 (단편, 백만학도여! 반월당으로 수록), 서해문집, 2020
- 명신학교에 오신 걸 환영합니다 - 신입생을 위한 안전수칙 (단편 한밤중 설립자 동상 앞에 서지 마시오 수록), 요다, 2020
- 온달장군 살인사건 - 을지문덕 탐정록, 들녘, 2020
- 일상감시구역 (단편 코드알파제로 수록), 책담, 2019
- 개봉동 명탐정, 북멘토, 2019
- 모두가 사라질 때 (단편, 모두가 사라질 때 수록), 요다, 2019
- 무너진 아파트의 아이들, 리틀 씨앤톡, 2019
- 좀비 썰록 (단편, 만복사 좀비기 수록), 시공사, 2019

- 훈민정음 해례본을 찾아라, 한솔수북, 2019
- 어위크, (단편, 대화재의 비밀 수록), 캐비넷, 2019
- 한성프리메이슨, 마카롱, 2019
- 유품정리사 – 연꽃죽음의 비밀, 한겨레, 2019
- 카페 홈즈에 가면? (단편 얼굴 없는 살인마 수록), 손안의 책, 2019
- 어린 만세꾼, 사계절, 2019
- 그날이 오면 (단편 소난지도에서 제암리까지 수록), 단비, 2019
- 대한독립만세 (단편 피로 새겨진 이름 윤혈녀 수록), 서해문집, 2019
- 상해임시정부, 고즈넉이엔티, 2019
- 육식주의자 클럽 (단편 스팀펑크 수록), 해피북스 투유, 2018
- 살아서 가야 한다, 교유서가, 2018
- 달이 부서진 밤, 시공사, 2018
- 체탐인 – 조선스파이, 파란미디어, 2018
- 그것들 (단편 Z : WAR - 검은 새벽 수록), 에오스, 2018
- 로봇 중독 (단편 거짓말 로봇 수록), 별숲, 2018
- 미스 손탁, 서해문집, 2018
- 멸화군 불의 연인, 네오픽션, 2018
- 붕괴, 답, 2018
- 불 꺼진 아파트의 아이들, 리틀 씨앤톡, 2017
- 어쩌다 고양이 탐정, 다른, 2017
- 첫사랑 위원회 (단편 조선소년 탐정단 수록), 르네상스, 2017
- 남산골 두 기자, 서유재, 2017
- 내가 덕후라고? (단편 존비 수록), 단비, 2017
- 광장에 서다 (단편 파괴된 아이 수록), 별숲, 2017

- 별세계 사건부 : 조선총독부 토막살인, 시공사, 2017
- 사라진 조우관, 사계절, 2016
- 직지를 찍는 아이 아로, 다른 출판사, 2016
- 조선변호사 왕실소송 사건, 은행나무, 2016
- 장영실, 청아 출판사, 2016
- 바실라, 청아 출판사, 2015
- 명탐정의 탄생, 북멘토, 2015
- 과학액션 융합스토리 단편선 (단편 크루벙크 수록), 황금가지, 2015
- 안드로메다 소녀 (단편 어른 되기 힘들다 수록), 북멘토, 2014
- 쓰시마에서 온 소녀, 다른 출판사, 2014
- 좀비제너레이션, 네오픽션, 2013
- 마의(상,하), 마카롱, 2012
- 폐쇄구역 서울, 네오픽션, 2012
- 김옥균을 죽여라, 21세기 북스, 2012
- 케이든 선, 네오픽션, 2011
- 오늘의 장르문학 (단편 바람의 살인 수록), 황금가지, 2011
- 한국추리스릴러단편선 4 (단편 시장의 살인 수록), 황금가지, 2011
- 오늘의 장르문학 (단편 바람의 살인 수록), 황금가지, 2010
- 한국추리스릴러단편선 3 (단편 혈의 살인 수록), 황금가지, 2010
- 한국추리스릴러단편선 2 (단편 빛의 살인 수록), 황금가지, 2009
- 한국추리스릴러단편선 1 (단편 불의 살인 수록), 황금가지, 2008
- 적패(1, 2), 랜덤하우스 코리아, 2006

웹 연재

- 제생의원 - 한성좀비록, 카카오 페이지, 2020
- 제3도시, 교보문고 스토리업, 2017. 5
- 붕괴, 7인의 작가전, Daum Tistory, 2016. 11 ~ 2017 ~ 3
- 그들이 세상을 지배할 때, Daum, 2011. 4 ~ 7

수상과 선정

- 2019 원주 한 도시 한 책 선정 (미스 손탁)
- 제21회 부산국제영화제 아시안 필름 마켓 NEW 크리에이터 상 수상
- 한국콘텐츠진흥원 2014 스토리 완성화 지원 사업 선정
- 제1회 직지소설문학상 최우수상 수상

2006년, 지금은 RHK로 이름이 바뀐 랜덤하우스중앙에서 첫 책이 나온 이후 2020년 초반까지 출간된 내 책들이다. 자세히 보면 시대의 흐름이 느껴지는데 소설의 경우 초반에는 추리소설과 좀비소설을 썼다가 청소년 소설과 동화, 그리고 역사소설의 비중이 늘어나고 있다. 인문서는 특정 주제를 내세워서 정보를 보여주는 책을 썼다면 최근에는 답사기와 현대와 과거의 연결고리를 찾아서 쓴 글들이 출간 중이다. 15년 동안 약 100여 권의 책을 썼다. 이 책이 나온 2020년에도 많은 책이 나올 예정이다. 그동안 신춘

문예나 공모전은 딱 한 번 당선됐다. 누군가의 말처럼 '책을 많이 내서' 유명해진 셈이다. 글을 잘 쓴다거나 혹은 오랫동안 사람들의 뇌리에 남을 글을 썼다고는 못 하겠지만 대한민국의 그 어느 작가보다 많은 계약서를 썼다고 자부한다. 그래서 이번 책에서는 출판 계약서를 주제로 이야기해볼 생각이다. 물론 이 책을 쓰기 전에도 계약서를 작성했다.

이야기를 풀어가기 전에 먼저 할 얘기들이 있다. 나는 장르소설가이며, 국어국문학과나 문창과 출신이 아니다. 파주출판도시에서 바리스타로 일하면서 습작을 했고, 투고를 통해 작가의 길을 걸을 수 있었다. 등단이라는 코스를 밟지 않은 일종의 '이단아'인 셈이다. 외톨이인 셈이지만 덕분에 장점도 있었다. 무엇보다 타인의 간섭에서 자유로웠다. 쓰고 싶은 걸 마음대로 쓸 수 있었기 때문에 추리소설부터 인문서, 청소년과 동화, 에세이를 모두 쓰는 경험을 했다. 짧은 시간에 많은 책을 낼 수 있었던 결정적인 이유다. 작가는 모두 자기만의 우주를 가지고 있다. 유명하든, 유명하지 않든, 책을 많이 냈든, 적게 냈든 상관없이 말이다. 따라서 누군가의 우주를 흉내 내거나 베끼는 것으로 자신만의 우주를 만들 수 없다. 작가는 처음부터 끝까지 독창적이어야 한다. 그렇지 못하면 작가가 될 수도, 계약서와 만날 수도 없을 것이다. 작법서를 보고 강연회에 참석하고 필사를 해보는 것도 중요하지만 나만의 성공 방식을 찾는 것이 가장 중요하다.

현재, 대한민국 출판계에는 아주 이상한 현상이 벌어지고 있다. 매년 출판계가 '단군 이래 최대 불황'을 겪으면서 어려워지고 있는 사이, 작가 지망생은 계속, 꾸준히 늘어나고 있는 것이다. 명확한 데이터 같은 건 없지만 작가 지망생을 위한 강연은 꾸준히 존재하거나 확장되고 있는 중이다. 그에 발맞춰 작가 지망생을 위한 작법서도 꾸준히 출간되고 있다. 참고로 내가 가장 좋아하는 작법서는 스티븐 킹이 쓴 《유혹하는 글쓰기》와 파리 리뷰의 《작가란 무엇인가》 시리즈다. 사실, 《유혹하는 글쓰기》는 읽어본 사람이라면 누구나 동의하겠지만 스티븐 킹의 자서전에 가깝고, 《작가란 무엇인가》 시리즈는 작가와의 인터뷰를 모아놓은 글이기 때문에 작법서라고 보기에는 대단히 애매하다. 하지만 작법서가 꼭 글을 쓰는 기술적인 방법을 알려줄 필요는 없다. 내가 왜 글을 써야 하고, 글을 쓰면 이런 사람처럼 될 수 있다는 일종의 가이드라인을 제시해주는 책도 작법서라고 믿는다. 왜냐하면 글을 쓰는 것은 마법을 부리는 것만큼이나 비현실적이고 어려운 일이기 때문이다. 아울러 수많은 작법서를 보면서 늘 이런 생각을 했다.

"아니, 작가가 되는 법을 알려준다면서 왜 계약서 보는 법을 알려주지 않는 거야?"

나도 팩션에 관한 일종의 작법서를 쓴 적이 있지만 차마 계약서에 대한 내용을 쓰지는 못했다. 누군가는 쓰겠지라는 안일함과 창피하게 그걸 어떻게 쓰느냐는 마음 때문이었다. 하지만 수많은 작법서 중에서 출판사와 만나 계약서를 쓰는 법을 구체적으로 알려주는 책은 찾기 어려웠다. 그래서 이번에 에세이를 제안받고 계약서를 쓰면서 문득 생각했다.

"계약서를 주제로 써 볼까?"

포털 사이트 검색창에 계약서로 검색하면 대략 '쌍방 간의 계약 내용을 기재하고, 그것이 성립되었음을 증명하는 서류'라고 나온다. 한문으로 풀이하자면 맺을 계(契)와 약속

할 약(約)으로 되어 있다. 컨트랙트(contract)라는 영어 역시 계약서를 지칭한다. 앞서 얘기한 대로 많은 책을 쓴 덕분에 종종 이런 질문을 받는다.

"책을 내려면 어떻게 해야 하죠?"

아마 질문자는 다른 대답을 기대했겠지만 그런 기대감을 깨는 걸 즐기는 나는 엉뚱한 대답을 한다.

"계약서요. 그게 필요합니다."

십중팔구는 실망하거나 당황하지만 내 대답은 항상 똑같았다. 계약서가 필요하다. 그걸 써야지만 책이 나온다고 말이다. 사람들의 실망감은 어쩌면 워낙 당연한 얘기를 마치 진리인 것처럼 얘기했기 때문일지도 모르겠다. 하지만 진리는 평범함 속에 숨어 있는 법, 나는 항상 같은 대답을 한다.

"계약서가 필요하다고요. 그게 없으면 책을 낼 수가 없다니까요!"

CONTeNTS

제 2 장 계약서 들여다보기

제 3 장 작가의 의무

"계약서가 필요하다고요.
그게 없으면 책을 낼 수가 없다니까요!"

제1장

계약서를 향해

신춘문예와 투고

그렇다면 계약서란 무엇일까? 사실 우리가 계약서의 구성 요건이나 양식을 알 필요는 없다. 어차피 출판사에서 가지고 온 계약서를 검토하고 사인해야 하기 때문이다. 하지만 이 계약서가 없다면 날고 기는 글 솜씨가 있다 해도 책을 낼 수 없다. 출판사에서 책을 내는 첫 번째 과정이 바로 계약서 작성과 날인이기 때문이다. 만약 작가와 출판사가 서로 유대감을 가지고 있다면 계약서 작성은 그야말로 요식행위에 불과하다. 계약서 작성은 핑계고 그날 회식을 하거나 저녁을 먹는 시간으로 보내는 경우도 많다. 심지어 집필을 먼저 시작하고 계약서를 나중에 작성하는 경우도 드물지만 존재한다. 나 역시 잘 아는 편집자나 출판사의 요청이 있다면 계약서를 쓰기 전에 먼저 집필하는 경우가 없지 않았다. 하지만 출판사와 작가가 서로 잘 모르거나, 특히 작가가 첫 책을 내는 상황이라면 출판사는 계약서를 내밀기 전까지 엄청 고민에 고민을 거듭한다. 아니 할 수밖에 없다. 출판사 입장에서 보자면 국내 작가의 첫 책은 여러모로 '폭망'의 위험성이 높기 때문이다. 작가 역시 처음 만나는 출판사와 계약서를 쓰기에 앞서 두려움을 느낀다. 나랑 잘 맞는 곳인지, 내가 잘 해낼 수 있을지와 같은 고민이 없을 수 없기 때문이다.

따라서 계약서를 손에 넣으려면 일단 글을 '잘' 써야 한다. 아니 잘 쓰는 정도가 아니라 '아주' 잘 써야 한다. 공모전은 수백, 수천 대 일의 경쟁률을 뚫어야 하고, 투고도 상황이 비슷하다. 물론 출판사에 투고 원고가 수백 개씩 쌓이지는 않는다. 하지만 그 출판사는 세계적인 베스트셀러 작가의 원고를 비롯해서 난다 긴다 하는 국내 기성 작가의 원고를 통해 눈이 높아질 대로 높아진 상태다. 따라서 잘 쓰는 정도가 아니라 우리 출판사에서 꼭 내야 하는 당위성을 가지게 만들어줘야 한다. 어떻게? '잘 써서'라는 말은 너무나 작법서적인 스타일이라 제외한다면 출판사의 '욕구'를 충족시켜주어야 이뤄질 수 있다고 말하겠다. 출판사의 편집자는 일종의 도전의식을 가지고 있다. 유명한 작가의 작품이 아닌, 자신이 발굴한 신인 작가를 선보이고 싶은 그런 도전의식 말이다. 그 도전의식을 불태워줄 수 있는 글을 쓴다면 당신은 계약서와 만날 수 있다.

아울러, 작가가 꿈인 사람이 빰을 꼬집게 되는 순간이 바로 이 계약서를 받는 순간이기도 하다. 2006년에 나에게 랜덤하우스중앙(책이 나오면서 랜덤하우스코리아로 변경되었다)이라는 출판사에서 연락이 왔던 때가 딱 그랬다. 보내준 원고에 관심이 있으니까 미팅을 하고 싶다는 말까지만 기억이 난다. 여기저기 전화해서 자랑하고 나니까 언제 어디서 미팅하기로 했는지 기억이 나지 않았다. 결국 창피를 무릅쓰고 다시 전화를 걸어 확인해야만 했다. 그렇게 출판사에 가서 미팅을 하고 계약서를 쓴 후에 책 한 권에는 다 담아내지 못할 우여곡절을 겪고 나서야 첫 책이 나왔다.

출판사의 담당 편집자는 최선을 다했지만 나의 한계를 확인했을 뿐이다. 하지만 만약 그때 책이 나오지 않았다면 지금 상황이 계약서라는 주제로 책을 쓸 만큼 여유롭지는 않았을 것이다. 그래서 힘줘서 강조한다. 세상 어떤 책을 쓰더라도 계약서를 먼저 써야 한다고 말이다. 그리고 그 계약서를 검토하고 작성하는 과정 역시 글을 쓰는 과정만큼이나 중요하다고. 그 달콤하고도 위험한 계약서를 받으려면 먼저 출판사의 리스트에 올라가야 한다. 책을 내려면 어떻게 해야 하느냐는 질문 다음으로 많이 받는 질문이 어떤 출판사에서 책을 내야 하는지다. 먼저 두 가지 사실을 알려주고 싶다.

첫째, 출판사는 신인 작가의 책을 별로 내고 싶어 하지 않는다. 인플루언서나 셀럽을 제외하고는 이름이 알려져 있지 않은 사람이 쓴 책이 알아서 잘 나갈 가능성은 매우 희박하다. 따라서 신인 작가의 첫 책이 성공할 확률은 낙타가 바늘구멍에 들어가기보다 어렵다. 물론 당신은 신인 작가가 화려하게 등장한 걸 기억하고 있기 때문에 말도 안 된다고 반박할 수 있다. 하지만 성공한 신인 작가가 백조처럼 우아하게 관심의 물 위에 여유 있게 떠 있는 반면 무관심의 수면 아래는 실패한 신인 작가들로 발 디딜 틈이 없다. 거기다 신인 작가는 경험이 부족하고 열정만 넘치기 때문에 출판사의 수정 요구에 문학적 감수성을 들먹거리며 완강하게 거절하거나 어떻게 수정해야 할지 몰라서 허둥대다가 편집자를 지옥의 나락으로 떨어뜨릴 확률도 높다. 기껏 키워주면 유명 출판사로 날아가 버려서 허무감에 빠트리기도 한다. 전속 계약 같은 건 없으니까 어쩔 수 없지만 작가가 발돋움하는 발판 역할만 하고도 좋아할 출판사는 없다.

둘째, 출판사는 그럼에도 불구하고 신인 작가의 책을 내고 싶어 한다. 순진무구한 출판사 사람들은 신인 작가를 발굴해서 출판계에 도움이 되고 싶어 하는 일종의 사명감 같은 걸 가지고 있기 때문이다. 아울러, 외서나 기성 작가의 책만 내기에 애매모호한 상황에 처하면 출판사는 신인 작가 발굴이라는 모험을 한다. 그러니까 당신은 바로 그런 편집자와 만나야 한다. 아주 잘 준비된 상태로 말이다.

일단 '작가'가 되려는 사람에게 항상 하는 얘기가 있다. "하지 마라"라는 말이다. 경쟁이 워낙 치열하고 어렵게 경쟁을 뚫는다고 해도 원하는 정도의 수익을 얻을 확률이 적다. 작가 지망생이 작가가 될 확률은 글자 그대로 아주 작다. 신춘문예 당선자도 한두 작품만 내고 사라지는 경우가 허다하다. 설사 책을 내고 작가로 자리를 잡는다고 해도

4대보험이나 퇴직금은 당연히 없고, 대중의 취향에서 멀어지면 나도 모르게 훅 날아간다. 그러니까 분위기에 휩쓸리거나 막연히 가보겠다고 생각하는 정도로 도전했다가는 시간과 돈, 그리고 열정만 낭비할 뿐이다. 좋은 독자로 지내는 것도 행복하게 살아가는 방법 중 하나다. 하지만 굳이 작가가 되겠다면 스스로에게 먼저 물어봐야 한다.

"나는 왜 작가가 되려고 하는 걸까?"

막연히 작가에 대한 동경이나 어린 시절부터 꿈이었다는 식의 대답은 별로 감동을 주지 못한다. 남들과 다른 나만의 대답을 하고, 그 대답을 그대로 실천에 옮길 수 있는 용기가 없다면 작가의 길을 걷거나 출판 계약서를 받기 어려울 것이라고 장담한다. 대부분의 장르 소설가들은 독자에서 출발한다. 나 역시 어린 시절 셜록 홈스의 책을 읽고, 점점 커가면서 다른 작가의 추리소설을 한참 읽었다. 그러다가 머리에 추리소설에 관한 플롯이 떠올랐고, 그것이 결국 작가의 길로 이어지게 했다. 여기서 문제가 발생한다. 내가 좋아하는 장르와 내가 잘 쓸 수 있는 장르가 다를 수 있기 때문이다. 예컨대 나는 추리소설을 좋아하지만 첫 작품은 추리적인 요소가 가미된 팩션이었다. 이후에도 내 책의 라인업에는 팩션이 추리소설보다 더 많이 들어갔다. 한때는 그게 걱정스럽기도 하고 실망스럽기도 했지만 지금은 생각이 다르다. 독자의 취향을 맞추는 것도 작가의 행복이자 의무니까 말이다. 이렇게 작가가 잘 쓸 수 있는 글과 출판사가 좋아하는 원고, 독자들이 좋아하는 책은 각각 다를 수 있다. 작가는 자신의 스릴러를 최고로 여기는데 출판사는 은근 에세이를 기다리고 있고, 독자는 인문서를 더 선호할 수 있다. 이럴 경우 어떤 판단을 내리느냐에 따라 운명이 바뀐다.

마지막으로 작가가 되려면 독서를 많이 해야 한다. 독서를 하면서 내 성향이 작가와 어울리는지 아닌지를 확인해야 하고, 내가 작가가 되었을 때 과연 재미있게 읽은 책과 경쟁할 수 있을지를 생각해봐야 하기 때문이다. 작가의 머리에는 일종의 사전이 들어 있어야 한다. 그래서 필요한 단어를 꺼내 이리저리 조합해봐야 한다. 머리에 사전을 넣어두려면 책을 많이 읽는 수밖에는 없다. 아울러, 끝내주는 아이템이라고 호들갑을 떨었는데 알고 보니까 《장미의 이름》과 비슷하다는 지적을 받지 않으려면 책은 꾸준히 읽어 주는 게 좋겠다.

작가 지망생이 지망생이라는 꼬리표를 떼어내는 두 가지 방법이 있다. 먼저 전통을 자랑하는 신춘문예와 각종 공모전에 응모해서 당선되는 것이다. 나는 이 방법으로 시작하지 않았기 때문에 행운을 빈다는 말 외에 해줄 얘기가 없다. 다른 하나는 출판사의 문을 두드리는 것이다. 이걸 투고라고 부르는데 원칙이 있다. 반드시 정중하고 애절하게 해야 한다는 것이다. 예전, 그러니까 내가 출판도시에서 바리스타로 일하면서 투고했을 때는 출력을 해서 보냈다. 읽기 편하게 제본까지 한 상태였다. 그러면 편집자가 조금의 미안함과 상당한 호기심을 보일 것이라는 동종업계 사람들의 조언 덕분이었다. 어쩔 수 없는 사람의 심리인데 이렇게까지 해서 보냈다면 정말 자신이 있을 것이라는 심리의 덫에 빠지는 것이다. 물론 인터넷 시대가 개막된 지 한참인 요즘은 홈페이지를 통해 투고를 받는다. 이런 방식은 출력과 제본, 우편이라는 과정에 들어가는 비용을 줄일 수 있고, 편집자는 종이로 출력된 투고 원고를 반려하면서 죄책감을 느끼지 않아도 된다는 장점이 있다. 따라서 앞으로는 이런 방식이 대세가 될 걸로 믿어 의심치 않는다.

어떤 경우든 출판사가 작성한 계약서를 받기까지는 반드시 투고 원고가 채택되는 과정을 거쳐야 한다. 그러니까 좋은 글을 써야 한다. 출판사가 보고 당장 혹해서 전화번호를 확인하고 싶어 할 만큼 말이다. 그런 글을 쓰는 방법은 나도 잘 모르겠다. 내가 그런 걸 안다면 지금 이 책을 쓰느라 머리를 쥐어짜는 게 아니라 스웨덴 한림원 같은 곳에서 나비넥타이를 매고 우아하게 연설하고 있을 것이다. 잊지 마시라. 이 책은 작법서가 아니라 계약서에 관한 책이라는 것.

그래도 실망하는 사람들을 위해 한 가지 팁을 붙이자면 출판사로 보내는 투고 원고는 아래한글로 작성해서 보내야 한다는 것이다. 간혹 워드로 작성하는 경우가 있는데 아래한글은 200자 원고지로 환산할 수 있기 때문에 출판사에서 검토용 원고를 볼 때 더 선호한다는 것을 알아야 한다. 물론 워드로 썼다가 아래 한글로 '복붙' 해서 옮길 수야 있지만 중간 중간에 깨지거나 혹은 맞춤법이 틀리는 경우가 발생한다. 이걸 일일이 확인하는 것도 굉장히 짜증나는 일이니까 그냥 처음부터 아래 한글로 작성하자. 글씨 크기는 대략 10~11포인트로 한다. 간혹 분량을 늘리려고 포인트를 크게 하는 경우가 있는데 대번에 눈치 챌 만한 얕은 속임수는 안 쓰는 게 좋다. 처음부터 안 좋은 이미지를 심어주면 미래를 망칠 수 있다는 점을 명심하시라. 시놉시스 제출을 같이 요청하는 출판사가 있는데 이럴 경우 결말까지 깔끔하게 작성해야 한다. 흥미를 끈답시고 "충격적인 사실과 마주친다"라는 식으로 끝내버리면 편집자의 짜증을 불러일으킬 뿐이다.

열심히 글을 쓰는 것과 더불어 반드시 필요한 것이 바로 본인의 존재감을 드러내는 것이다. 투고 한 번에 딱 책이 나오면 좋겠지만 그럴 확률은 점점 줄어들고 있다. 왜냐하면 요즘에는 기성 작가도 투고를 감행하기 때문이다. 일종의 하향평준화가 된 셈인데 출판계의 상황이 워낙 안 좋다보니 어쩔 수 없는 현상이다. 따라서 무작정 투고할 것이 아니라 전략을 잘 짜야 한다. 일단 책을 내고 싶은 출판사를 점찍어야 한다. 아마 이 책을 읽는 작가 지망생은 대부분 그런 출판사를 가지고 있겠지만 그래도 한번 확인해라. 뭘? 그 출판사가 당신이 쓴 글을 책으로 낼 가능성이 있는지 말이다. 예를 들어 추리소설을 내고 싶은 작가 지망생이라면 에세이를 내는 출판사의 문을 아무리 두드려봤자 열리지 않는다. 반대로 감성적인 에세이를 내고 싶은데 장르문학을 내는 출판사에 투고해봤자 소용없다. 가장 어처구니없는 건 청소년 소설만 전문적으로 내는 곳에 직장인을 위한 에세이 같은 걸 투고하는 식이다. 이런 원고를 받은 편집자는 황당할 수밖에 없다. 책을 내고 싶어 한다는 작가 지망생이 출판사에 대한 기본 정보 조사조차 없이 투고를 했으니까 말이다. 그러니까 투고하기 전에 온라인 서점에 들어가서 해당 출판사의 이름으로 검색해보자. 그러면 그동안 나온 책들을 볼 수 있다. 출간일순으로 놓고 몇 페이지 검색하다 보면 이 출판사가 어떤 책을 주로 내는지 알 수 있다. 그 다음에는 판매량순으로 놓고 보면 어떤 책들이 많이 팔렸는지 눈에 보인다. 이 두 가지로 대략 해당 출판사의 성향을 파악할 수 있다. 이런 성향은 출판사의 정체성과 연결된 것이라 쉽사리 변하거나 바뀌지 않는다. 단, 출판사가 새로운 방향을 모색하려고 지금까지 하지 않던 분야에 도전할 수는 있다. 그런 정보를 빨리 얻기 위해서라도 출판사와의 관계를 가깝게 유지할 필요가 있다.

매년 특정 기간이 되면 출판사 대표와 편집자의 SNS에 비슷한 글이 올라온다.

– 또 시작됐네요. 제발 출판사 좀 알아보시고 투고하세요.

모 글쓰기 강좌 기간이 끝나면 수강생들이 여러 출판사에 무차별적으로 투고를 하면서 벌어지는 일이다. 출판사의 성향 따위는 생각하거나 알아보지도 않고 대뜸 무더기로 쏟아지는 투고 메일 때문에 출판사에서 하소연하는 것이다. 이런 식의 무차별적인 투고는 거절당하는 것이 당연하다. 거듭 얘기하지만 출판사는 신인 작가의 책을 낼 의무 같은 건 없고, 투고 원고를 꼼꼼히 살펴볼 책임 같은 것도 없다. 단지 그렇게 해야 할 것 같다는 암묵적인 룰과 상황만이 존재할 뿐이다.

출판사가 외국 작가의 책과 유명 작가의 책만으로 라인업을 짤 수 없거나 혹은 내부의 누군가가 도전의식을 불태울 때가 바로 기회다. 그런 바늘구멍 같은 기회를 비집고 들어가려면 차분하게 살펴보는 게 중요하다. 마구잡이로 이곳저곳을 찔러보는 건 당사자에게는 희망고문을, 출판사 직원에게는 원고고문을 안겨줄 수밖에 없다.

따라서 원고를 보내기 전에 정확한 정보를 토대로 출판사를 찾아야 한다. 그리고 한 번에 한 군데씩 보내야 한다. 보내고 나서는 머리에서 그 사실을 지워버려야 한다. 하루하루 기다리는 게 피를 말리는 일이 될 테니까 말이다. 다만, 보내고 나서 별다른 연락이 없다면 한두 달쯤 후에 이메일로 다시 문의해보는 게 좋다. 다른 출판사에도 보내야 하고 공모전에도 내야 하는데 무작정 기다릴 수는 없으니까 말이다. 출판사가 문의 사항에 대해서 별다른 반응이 없다면 그때는 사실상 거절당한 것이니까 다른 출판사에 투고하든지 공모전에 내면 된다.

모 글쓰기 강좌의 수강생들을 출판사에서 싫어한다고 하는데 이유 중 하나가 바로 수십 곳의 출판사에 한꺼번에 투고하기 때문이라는 것이다. 어떻게 그걸 아느냐고 물어보니 '받는 사람' 칸에 출판사 이름이 주르륵 나열돼 있어서라는 대답이 돌아왔다. 사실 작가 지망생이 엉뚱한 곳에 투고하는 건 그나마 이해할 구석이라도 있다. 하지만 수십 군데로 한꺼번에 보내는 건 용납하기 어렵다. 혹시나 출판사가 관심을 가지고 검토하고, 연락했는데 다른 곳에서 비슷하게 연락이 갔다면 경쟁 아닌 경쟁을 해야 하기 때문이다.

거듭 얘기하지만 출판사는 신인 작가의 책을 낼 법적 의무가 없다. 오히려 신인 작가에게 들어가는 비용과 시간으로 경험이 풍부한 기성 작가와 일하는 게 여러모로 유리하다. 그럼에도 불구하고 출판사가 신인 작가에게 눈길을 주는 건 내일 지구가 멸망해도 한 그루의 사과나무를 심겠다는 태도와 비슷하다. 물론, 나도 작가 지망생 시절에는 출판사에 불만이 많았다. 이렇게 열심히 노력하는 나를 몰라주고, 이상한 작가의 책이나 내고, 원고를 보냈는데 한두 달은커녕 서너 달이 지나도 연락 한 번 없는 것에 서운해한 적이 있었다. 하지만 출판사는 투고 원고를 느긋하게 검토할 만큼 한가하지 않다. 대부분 정해진 일정에 맞춰 책을 내느라 시간이 빠듯한 상황이다. 따라서 원고를 반려한다는 전화나 연락이 오지 않는 것을 서운해할 수는 있어도 원망할 필요는 없다. 정 억울하면 나중에 작가로 성공해서 그 출판사와 계약하면 된다. 그래서 계약서를 쓰면서 그 얘기를 하면 통쾌한 복수심을 느낄 수 있을 것이다. 출판사 쪽에서도 크게 웃으면서 사과할 것이다. 성공은 과거의 증오 따위는 상쾌하게 날려버리는 힘이 있으니까 말이다. 세상에는 수많은 출판사가 있다. 그중에는 내 아이디어를 하찮게 여기는 출판사도 있겠지만 반대로 내 아이디어와 글을 누구보다 사랑하는 곳도 적지 않을 것이다. 그러니까 쉽게 무릎 꿇지 말기를 바란다. 누구나 실패를 겪는다고 하면 너무 교과서적인 얘기가 되겠지만 스티븐 킹부터 조앤 K 롤링까지 진짜 유명한 작가 중에 공모전에서 떨어지거나 출판사에서 거절당하고 낙담하지 않은 사람은 없다. 그런 고생들은 계약서를 받는 순간 까맣게 잊어버릴 것이다.

SNS

출판사와 친구 되기가 작가가 되는 첫 번째 길이자 계약서와 만나는 첫 관문이다. 일단 출판사와는 온라인으로 친구를 맺을 수 있고, 그것이 가장 빠르다. 대부분의 출판사는 출판사 혹은 편집자나 대표 이름으로 된 SNS 계정이 있다. 주로 페이스북과 인스타그램 그리고 트위터인데 대부분 같은 이야기가 올라가니까 하나나 두 개 정도만 활동해도 된다. 대부분의 출판사들은 SNS를 홍보 수단으로 사용하기 때문에 친구 신청을 잘 받아주는 편이다. 이렇게 SNS 친구를 맺고 해당 출판사와의 거리를 좁힌다. 게시물에 '좋아요'를 누르고 출판사에서 나온 책을 사서 인증샷도 올리시라. 이때 그냥 올리면 출판사는 모를 수 있으니까 반드시 태그를 걸어야 한다. 책을 읽고 감상평도 잘 써서 남기면 출판사의 레이더망에 포착될 것이다.

많은 출판사가 막대한 홍보비를 감당하지 못하기 때문에 최근 들어 SNS를 많이 이용한다. 따라서 여기에서 잘 활동하면 눈에 띌 확률이 높다. 그 얘기는 당신도 SNS 계정을 가지고 있어야 하고 가급적 활발하게 활동해야 한다는 뜻이다. 내가 처음 책을 낼 즈음 작가가 과연 SNS를 하는 게 옳은 일인지에 대한 고민이 많았다. 지금 생각하면 터무니없는 얘기지만 그때는 작가는 책을 쓰는 데만 집중해야 한다는 의견이 많았고, 지금도 그런 생각을 가지고 있는 작가가 많다. 사실 지금 자리를 잡은 작가 중에는 SNS를 안 하거나 활발하게 하지 않는 분이 많다. 하지만 당신이 이제 막 시작하거나 자리를 잡아가는 중이라면 SNS는 반드시 해야 한다. 필요한 정보를 얻고, 출판사와 독자와 직접 소통하려면 말이다. 그리고 사용하다 보면 SNS는 하나의 공동체로 발전한다. 작가와 작가 지망생, 출판사 편집자, 독자들이 모여 작은 마을 혹은 가족을 이루게 된다. 그러면서 많은 이야기들이 오가게 되는데 책이라는 공통점 때문인지 위로를 얻을 때가 많다. 내가 쓴 책을 인증해주거나 혹은 책 출간 소식을 알리는 게시물에 '좋아요'나 댓글을 달아주는 사람이 있으면 정말 기쁘다. 아무튼 SNS에서 활발하게 활동하면 자연스럽게 출판사에서 진행하는 오프라인 행사, 작가 강연회나 북토크에 초대될 확률이 높아진다. 너무 속보인다고? 미안하지만 책을 내기까지 수많은 단계를 거쳐야 하고 그 마지막 단계가 계약서를 받는 것이다. 책을 쓰고 싶어서 이 책까지 샀으면 자존심 같은 건 찾을 생각 하지 마라. 나는 100권의 책을 내려고 1000번 이상의 거절과 무시를 당했다. 사실대로 말하자면 1000번 이상일 것이다. 그러니까 겉으로 보이는 눈부신 성공에만 현혹되어서는 안 된다. 그 성공을 위해 얼마나 많은 실패와 좌절을 겪는지 모른다. 그리고 그것을 이겨내는 것이 계약서와 만나는 날을 가깝게 해줄 것이다.

그 다음 단계가 진짜 중요하다. 오프라인에서 만나자마자 대뜸 "제가 작가 지망생인데요"라든지 '당신이 있는 출판사에서 책을 내는 게 소원'이라는 식으로 말해버리면 안 된다. 물론 출판사도 어느 정도는 눈치 채고 있을 것이다. 하지만 눈치 채고 있는 것과 말해버리는 것은 하늘과 땅 차이라는 걸 명심해야 한다. 그러니까 차분하게 행사에 집중해라. 빛나는 조연 역할을 하다 보면 언젠가는 주연 발탁의 기회가 올 테니까. 오프라인에서 출판사 관계자와 만나면 장점이 한 가지 더 따라온다. 바로 출판사의 정보를 얻을 수 있다는 점이다. 출판사가 어느 성향의 작가를 좋아하는지 혹은 어떤 방향성을 가지려고 고민하는지 파악할 수 있다. 이런 정보가 투고 원고를 쓸 때 큰 도움이 된다는 건 두말할 나위가 없다. 이렇게 차근차근 준비하다 보면 기회가 올 것이다. 이 기회를 얻으려면 주변의 '인맥'을 잘 활용해야 한다. 당신이 글을 쓰고 싶다고 하면서 출판사의 오프라인 행사에 드나들다 보면 자연스럽게 '아는 사람들'이 생기는데 이들이 바로 인맥이 된다. 그중에는 출판사가 주최하는 북토크의 주인공인 작가부터 같은 처지의 작가 지망생, 그리고 순수하게 책을 좋아하는 독자, 출판사 편집자와 마케터, 그리고 대표까지 포함된다. 출판계에서 그런 인맥을 가장 잘 활용해서 성공한 작가가 바로 '나'다. 출판도시에서 오랫동안 바리스타로 일하면서 만난 편집자와 마케터를 지금도 출판계 곳곳에서 만나고 있다. 출판사 대표나 주간, 혹은 편집장이나 작가로서 말이다. 사람이 어떤 일을 할 때

아는 사람이 거기 있다는 건 굉장히 마음을 편하게 만들어 준다. 따라서 비즈니스에서 가장 어려운 '친해지기'가 가능해진다.

물론 상황이 다르니까 내가 하는 방식으로 성공한다는 보장은 없다. 하지만 십 년 넘게 출판계에서 지내면서 느낀 점은 남을 압도하는 실력이 없는 이상 차근차근 순서대로 올라가야 한다는 것이었다. 간혹 꼼수를 써서 필요한 단계를 건너뛰는 사람이 있긴 하지만 오래가지는 못했다. 자기 실력이나 그릇에 걸맞지 않는 상황을 맞으면 바닥이 드러나기 때문이다. 사실 계약서 자체가 중요한 게 아니다. 계약서를 받기까지의 과정과 계속 계약서를 받을 수 있도록 하는 처신이 몇 배 더 중요하다. 그리고 글쓰기는 지독하게 외로운 작업이다. 워낙 하는 사람이 적기 때문에 주변에 동료도 별로 없고, 특히 가족의 무관심과 오해를 사기 좋은 일이다. 모르는 사람에게 글쓰기는 컴퓨터 중독과 비슷해 보인다. 다들 겪어봤겠지만 한창 글을 쓰다가 잠깐 궁금해서 열어본 포털 사이트나 유튜브 영상을 볼 때 하필 가족이 뒤에 서 있기 때문이다. 뒤늦게 알아차리고 변명해봤자 소용없다. 이미 당신은 밤새 컴퓨터로 쓸데없는 영상이나 보는 가족으로 낙인 찍혔으니까 말이다. 이런 외로움은 글쓰기라는 장기 레이스에서 탈락하는 첫 번째 요인이 된다. 그런 일로 오해를 받다 보면 짜증도 나고, 글쓰기는 진도가 안 나가고, 출판사에서도 연락이 없으면 나도 모르게 키보드에서 손을 놓게 되는 것이다. 그런 측면에서 동종 업계 종사자가 주변에 있어야 한다. 그들로부터 위로와 자극을 받을 수 있기 때문이다. 이것이 인맥을 만들어야 하는 진짜 이유이기도 하다. 그렇게 어울리다 보면 자연스럽게 계약서를 쓸 '기회'가 찾아온다.

불치병들

물론 이 단계까지 오려면 끊임없이 글쓰기를 해야 한다. 작가 지망생이 작가가 되지 못하게 만드는 불치병이 몇 가지 있는데 그중에서 가장 치명적인 것이 '설정 병'과 '본전 병' 그리고 '자랑 병'이다. 설정 병은 글은 쓰지 않고 설정만 주구장창 쓰는 병이다. 글을 쓰는 것에 대한 두려움과 자신감 부족이 원인으로 추정된다. 그래서 설정만 계속 반복해서 쓰고 고치면서 시간을 끄는 것이다. 이런 환자에게 종종 '언제 글 쓸래?'라는 치료약을 투여해 보지만 대부분은 "설정을 완벽하게 가다듬고요"라는 대답이 돌아온다. "맙소사! 스타워즈 같은 거라도 쓰나 보지?"라고 얘기할 때도 있지만 대부분은 그냥 입을 다문다. 치료 불가능한 상태로 접어

들었기 때문이다. 세상에 완벽한 설정은 없다. 설사 설정이 완벽하다고 해도 문장이나 서사가 그걸 받쳐주지 못하면 아무 소용이 없다. 글을 좀 써 본 사람은 알겠지만 설정이나 줄거리 대로 소설이 진행되는 경우는 드물다. 대부분은 중간에 '갑툭튀'한 아이디어나 설정으로 채워지니까 말이다. 따라서 설정에 지나치게 매달리고 고집하는 건 개인적으로 글쓰기에 자신이 없다는 공개적인 선언으로 보고 있다. 일단 시작한 글은 죽이 되든 밥이 되든 결말을 내고 끝내야 한다. 내가 군대에 갔을 때 별명이 25킬로미터인 고참이 있었다. 행군만 하면 25킬로미터를 넘지 못하고 퍼졌기 때문이다. 겉으로는 멀쩡해 보여서 다른 고참에게 물어봤더니 이렇게 대답했다.

"첫 행군 때 퍼졌거든. 25킬로미터 즈음해서."

사실 나도 첫 행군 때 중도에 낙오할 뻔했다. 평생 도시에서 자란 뻰질이라 무거운 군화를 신고 그보다 더 무거운 군장을 메고 비까지 오는 산길을 걷는 건 무리였기 때문이다. 얼마나 힘들었는지 까마득한 계곡 아래쪽을 쳐다보면서 굴러 떨어져 다리를 다치면 행군하지 않고 따라오는 구급차를 타고 갈 수 있겠지라는 생각까지 들 정도였다. 진짜로 굴러 떨어졌다면 다리가 부러지는 정도가 아니라 온몸이 산산 조각났을 것이다. 다행인지 불행인지 어리바리한 신병이 자꾸 계곡 쪽을 힐끔거리자 분대장이 나섰다. 포승줄로 내 손목을 묶고 나서 반대쪽을 자기가 쥐고는 이렇게 말했다.

"이 끈이 팽팽해지면 너는 내 손에 죽는다!"

나는 죽지 않으려고 그 끈만 바라보고 걸었다. 첫 행군을 그렇게 마친 덕분에 다음 행군 때도 낙오하지 않고 끝까지 완주할 수 있었다. 그 사이, 그 고참은 계속 마의 25킬로미터를 넘지 못했다. 글쓰기를 흔히 마라톤에 비유하지만 나는 틀렸다고 생각한다. 적어도 철인 3종 경기나 군대에서의 행군에 비유해야만 그 느낌이 비슷해진다. 그렇게 힘들기 때문에 반드시 완주해야 한다. 낙오하면 계속 습관이 되니까 말이다. 내가 파악한 고참의 낙오 이유는 마음가짐이었다. 내무반의 고참과 후임이 훈련 준비를 하는 동안 그 고참은 끊임없이 행군을 못할 이유를 내세웠다. 그리고 주변에서도 당연히 행군 도중 쓰러질 것이라고 기정사실처럼 얘기했다. 이 두 가지가 결합되면서 그 고참에게는 25킬로미터는 넘어갈 수 없는 마의 절벽이 되어버렸다.

설정 병과 본전 병만큼이나 무서운 게 바로 '포기 병'이다. 글을 쓰다가 이런 저런 이유로 중간에 포기해버리는 것이다. 물론 명분이야 멋지다. 내 글에 만족하지 못하기 때문에 다음 글에 집중하겠다고 진중하게 얘기하던 사람을 기억한다. 나는 그 모습에 25킬로미터를 넘지 못하겠다는 고참의 변명이 겹쳐 보였다. 포기가 무서운 이유는 습관이 되기 때문이다. 우리는 살면서 크고 작은 실패와 좌절을 겪고, 그에 따라 많은 것을 포기하곤 한다. 하지만 글은 중간에 포기하면 안 된다. 여러 가지 이유가 있지만 가장 큰 이유는 다음 글을 쓰기 위해서다.

이번 글이 만족스럽지 못하면 다음 글은 만족스러울까? 글쓰기는 육체노동만큼은 아니지만 많은 신체적 고통을 유발한다. 손가락과 손목, 어깨와 눈, 허리를 손상시키고, 특히 심리적 좌절감과 불안감을 불러일으킨다. 내가 지금 제대로 쓰고 있는 건지, 옳은 방향으로 가고 있는지에 대한

두려움은 글을 포기해야 하는 명분으로 이어진다. 좌절을 맛보고 싶지 않아 스스로 도전을 포기하는 것이다. 이게 습관이 되면 자그마한 불안감과 좌절에도 선뜻 포기하게 된다. 명분이 충분하다고 생각하면 결심은 쉬운 법이니까 말이다. 아니 정확하게는 결심하려고 명분을 만들어서 스스로를 세뇌시키는 것이다. 나는 중간에 글을 포기하는 걸 습관처럼 여기는 작가 지망생 중에서 지망생이라는 꼬리표를 떼는 사람을 본 적이 없다. 이야기를 창작하기 시작했으면 마음에 들든 안 들든 완결하는 습관을 들여야 한다. 그래야 포기하고 싶은 수많은 순간을 넘어갈 수 있기 때문이다. 달리기를 30분 이상 하면 몸이 무거워지기는커녕 경쾌해지면서 기분이 좋아진다. 이것을 러너스 하이(runners high) 혹은 런닝 하이(running high)라고 부른다. 힘들수록 몸과 마음이 지쳐야 하는데 오히려 반대 현상이 벌어지는 이유는 명확하게 밝혀지지 않았다. 다만 엔돌핀의 영향이 아닐까 하는 추측이 오갔는데 최근 조금 더 진전된 연구 결과가 나왔다. 엔돌핀은 모르핀보다 약 100배 정도 강한 진통 효과가 있는데 몸이 힘들거나 고통스러워지면 자연스럽게 분비량이 늘어나면서 고통을 완화시켜주는 역할을 한다. 러너스 하이 상태에 접어들면 엔돌핀의 양이 늘어나면서 일시적으로 몸이 가벼워지는 느낌을 받는 것이다. 글을 쓸 때는 일종의 러너스 하이 상태를 유지해야만 한다. 감정의 고조를 몸으로 느껴야만 글을 쓸 수 있고, 한 편의 글을 완결지었을 때의 쾌감을 잊지 않아야 다음 글로 넘어갈 수 있다. 그런데 이 상태까지 오기 전에 미리 글을 포기해버리는 행동은 작가가 되는 것을 포기하는 선언이나 다름없다. 그러니까 일단 글을 쓰면 어떤 형태로든 결말을 낸 상태에서 끝내야 한다. 그래야 다음 글로 나아갈 수 있다.

'본전 병'은 더 심각한 증상이다. 가끔 장편 하나를 탈고하고 출판하기 위해 동분서주하는 경우를 본다. 그건 나도 하는 일이니까 상관없지만 일단 다른 작품을 계속 쓰면서 출판사를 찾는 게 맞다. 하지만 내가 힘들게, 어렵게, 고통스럽게, 뼈를 깎는 노력으로 글을 썼는데 왜 출판이 안 되는지 볼멘소리를 하는 건 다른 문제다. 그 볼멘소리는 종종 출판계의 적폐와 폐단을 성토하는 것으로 이어진다. 이런 불평들을 듣다 보면 상대방이 글을 쓰는 작가인지 출판계의 문제점을 해결하려고 나선 슈퍼히어로인지 분간이 안 가곤 한다. 개인적으로는 이 두 가지 증세를 심각하게 앓는 사람은 가까이하지 않는다. 끝이 보이기 때문이다. 각각의 증상이 심해지거나 혹은 두 개의 병이 합쳐지면 '자뻑'이라는 최악의 증세로 이어진다. 십 년 넘게 글을 쓰면서 가장 크게 늘어난 감정은 '겸손함'이다. 세상에는 나보다 더 잘 쓰는 사람이 엄청나게 많고, 그들이 언제 갑툭튀할지 모른다는 생각 때문이었다. 출판이라는 시스템이 가장 잘 쓰는 사람부터 책을 내는 방식이 아니기 때문에 나에게 그나마 다행이다. 그래서 내가 늘 운이 좋다고 말하고 다니는 것인지도 모르겠다. 자연스럽게 겸손해질 수밖에 없고, 주어진 기회를 놓치지 않으려면 최선을 다해야 한다. 아울러 자뻑 증상의 가장 큰 문제점은 글은 안 쓰면서 불평불만 그리고 자신이 글을 쓰지 못하는 이유를 계속 늘린다는 것이다. 주변에 그런 이유를 설명하는데, 종종 그런 증상이 다른 사람에게 옮겨가기도 한다. 그래서 나는 이 단계가 되면 아무리 가까운 사람이라도 해도 연락을 끊는다. 때로는 듣는 것만으로도 에너지를 소모시키는 '에너지 빌런'이기 때문이다.

이런 병을 앓게 된 근본적인 원인은 '남 탓' 바이러스에 걸렸기 때문이다. 세상이 나를 알아주지 못하고 있는 건 뭔가 문제가 있기 때문이라는 식의 사고방식을 가진 사람은 적어도 출판계에서 활동하기에 큰 문제가 있다. 내가 알고 있기로 출판계만큼 공정한 곳은 없기 때문이다. 적지 않은 기간 동안 직장 생활을 했지만 그곳에서는 실력이 모든 걸 결정하지 않았다. 인맥과 학맥, 상관과의 관계, 집안 같은 여러 가지 요소가 결합되기 때문에 열심히 일한다고 승진하거나 잘 풀리지 않는다. 다른 업계도 마찬가지다. 성공하는 요소 중에서 노력과 실력 외에도 다른 요소가 무시할 수 없는 비율로 존재한다. 하지만 출판업계에서 책을 낼 때는 학력이나 기타 요소는 모두 배제된다. 오직 잘 팔릴 만한 책을 쓸 수 있는지 없는지로 결정된다. 100여 권의 책을 내는 동안 무수히 많은 출판사와 미팅을 하고 이야기를 나눠봤지만 한 번도 '어느 대학 나오셨어요?'라는 질문을 받은 적이 없다. 그리고 그것이 출판을 하는 데 걸림돌이 된 적도 없다. 어디 가나 대학교 성적 증명서를 요구하는 대한민국에서는 드물게 '학력 청정' 구역인 셈이다. 그러니까 출판계에서는 학력이라든지 인맥 같은 것이 결정적인 요소로 작용하거나 나의 출판을 방해하지 않는다. 남들만큼의 평판을 유지하고 인맥을 형성하면 도움이 되는 정도다. 그러니까 시답잖은 음모론은 집어치우고 그런 망상을 할 시간에 한 글자라도 더 쓰는 게 중요하다. 출판사와도 친해지고, 인맥관리에도 어느 정도 성공했다면 그 다음은 계약서일까? 한 가지가 더 있다.

인맥이 아무리 좋고, 출판사와 가족처럼 지낸다 해도 작가는 일단 글을 잘 써야 한다. 이 책은 작법서가 아니라고 누누이 말했기 때문에 글을 잘 쓰는 법은 얘기해주지 않는다. 다만 확실하게 해줄 얘기는 있다. 나는 개인적으로 글을 '문장'과 '문장 이외의 것'으로 구분한다. 문장은 단어와 단어의 결합을 통해 만들어진 것으로 소설의 핵심이라고 할 수 있다. 그리고 이 문장은 교육이나 필사 같은 것을 통해 향상되거나 나아지지 않는다고 본다. 왜냐하면 문장은 '지문'이나 다름없기 때문이다. 태어날 때부터 가지고 있는 지문은 상처가 나서 없어져도 원래 형태로 복원된다. 쌍둥이조차 지문이 다르기 때문에 전 세계에 같은 지문을 가진 사람은 없다. 내가 '문장'이 지문과 같다고 보는 이유는 간단하다. 글쓰기에는 그 사람의 모든 것이 담겨 있기 때문이다. 어린 시절부터 형성된 인격과 사고방식, 사상과 신념은 물론, 가족을 비롯한 주변의 영향이 고스란히 녹아 있다. 따라서 성인이 된 후 몇 년간 교육을 받더라도 바뀔 수가 없다. 따라서 문장을 잘 쓰는 사람과 못 쓰는 사람은 출발점이 다르고, 결승점도 다를 수밖에 없다. 안타깝지만 그게 현실이다. 그래서 본인의 글에 대한 자신감이 중요하지만 교육을 받고 더 좋아질 수 있다고 믿는 사람에게는 잘못 생각하고 있다고 항상 얘기해준다. 희망을 꺾는 잔인한 짓이지만 헛된 희망을 품게 하느니 차라리 현실을 직시하게 해주는 게 나은 방법이다.

그렇다면 문장을 못 쓰면 작가가 되지 못하고 계약서를 쓰지 못하는 것일까? 그게 아니라는 반증도 바로 나다. 나는 처음부터 지금까지 빈말로라도 문장이 뛰어나다는 평을 들은 적이 없다. 앞으로도 없을 것이 분명하다. 하지만 대신 캐릭터 구성과 줄거리의 반전, 창작해낸 사건을 실제 역사에 교묘하게 끼워 넣을 수 있는 능력을 가졌다는 얘기를 많이 듣는다. 작가가 되기 위한 또 하나의 필수 요소인 '문장 이외의 것'에서 뚜렷한 장점을 가지고 있다는 얘기다. 그리고 이런 능력은 선천적인 요소가 아니라 '훈련'과 '반복'으로 갖출 수 있다. 문장 역시 근본적인 부분은 어렵지만 반복된 글쓰기 훈련을 통해 읽기 쉽도록, 혹은 세련되게 쓰는 능력을 가질 수 있다. 작가 지망생들이 많이 쓰는 또 다른 방식으로는 '필사'가 있다. 좋아하는 작가의 작품을 직접 손으로 써 보는 필사는 집중력을 높이고 문장력을 강화해 준다고들 말한다. 나도 좋아하는 김훈 작가의 작품을 필사해본 적이 있다. 하지만 그것이 글쓰기에 도움이 되었다고는 생각하지 않는다. 김훈 작가에 대한 존경심은 늘어났지만 말이다. 개인적으로 생각하는 필사의 가장 큰 문제는 나도 모르게 그 작가의 문장을 흉내 내게 한다는 것이다. 표절이라는 거창한 문제로 넘어가기 이전에 누군가의 버전 2나 마크 2가 되려고 글을 쓰는 게 아니라면 크게 도움이 되지 않는다고 확신한다. 타인의 글은 눈으로 읽고 마음에 드는 문장을 외워두는 것 정도면 충분하다. "버려진 섬마다 꽃이 피었다"라는 《칼의 노래》 첫 문장은 늘 내 마음속에 들어 있다.

내가 글쓰기 교육이나 필사를 부정적으로 보는 이유는 직접 겪어보지 못했거나 효과가 없었기 때문일 수도 있다. 그리고 주변에 그런 교육을 받은 사람보다 습작을 하다가 작가로 성장하는 케이스를 더 많이 봤기 때문일지도 모르겠다. 그래서 편향적이고 개인적인 경험을 마치 보편적인 사실인 것처럼 얘기하지 말라는 지적도 많이 듣는다. 하지만 글쓰기는 하나하나가 다른 세계관을 지닌 우주라고 할 수 있다. 각자 다른 방식으로 도전해서 성공했기 때문에 그 경험과 지식이 다음 주자에게 정답이 될 수는 없다. 교육이든, 필사든, 습작이든 말이다. 다만, 나의 성향과 사상에 맞는 방식으로 글쓰기를 연습해야 한다.

개인적으로 추천하는 방식은 '습작'이다. 습작은 그냥 무작정 쓰기 혹은 반복해서 쓰기라고 표현할 수 있다. 2006년에 첫 책을 내고 지금까지 작가로 활동할 수 있었던 가장 큰 이유는 2003년의 어느 날, 노트북으로 습작을 시작했기 때문이다. 글쓰기는 지극히 개인적인 경험이다. 그래서 계속 쓰면서 쌓아가는 것이 중요하다. 특히 장편은 문장뿐 아니라 줄거리 쓰기와 캐릭터 형성, 반전 같은 기술적인 요소를 직접 훈련할 수 있는 수단이다. 실제로 장편 습작을 하면서 실력이 늘어난다는 느낌을 받았는데 이것이 결국 작가로 자리매김하는 가장 결정적인 요소가 되었다. 따라서 나는 지금도 습작이 작가가 될 수 있는 가장 빠른 지름길이자 작가로서 살아갈 수 있는 유지 장치의 역할을 한다고 보고 있다. 하지만 적어도 장편을 열 편 정도 습작해 봐야 한다. 한두 편을 써보고는 장편을 쓰는 기술적인 느낌까지만 얻을 수 있을 뿐이다. 그러니까 여러 편을 아주 오랫동안 쓰면서 내공을 쌓아야 한다. 고생해서 쓴 글인데 아깝다는 생각은 버려야 한다. 세상 사람들이 쓴 글을 모두 책으로 내면 아마존은 진즉에 사막으로 변했을 것이다. 출판을 비롯해서 어떤 일이든 성과물은 당사자가 얼마나 노력했느냐가 아니라 결과물 그 자체로 평가되기 때문이다. 잔혹하고 안타까운 얘기지만 어쩔 수 없다. 내가 무슨 일을 했으니까 보상받아야 한다는 건 가족이나 친구 관계에서나 먹히는 말이다. 돈이든 명성이든 성과를 내야 만날 수 있는 출판계에서는 노력이란 한 귀로 듣고 한 귀로 흘리는 바람 같은 이야기일 뿐이다. 속된 말로 누군가 쓴 글을 출판계가 책임져야 할 이유는 없다.

사실, 아무것도 보장돼 있지 않는 상황에서 무작정 글을 쓰라고 하는 것만큼 잔혹한 주문도 없다. 직접 겪어봤기 때문에 얼마나 고통스러운지도 충분히 알고 있다. 하지만 그 길밖에 없다는 것도 명백한 사실이다. 좀 더 쉬운 길이 있다고 얘기하는 사람이 있을지도 모르겠다. 장담하건데 그 사람은 사기꾼이다. 불가능한 걸 가능하다고 말하기 때문이다. 세상에는 고통스럽지 않게 작가가 되는 길 따위는 없다. 그게 있었다면 아마 전 세계 사람들의 절반은 작가가 되었을 것이다. 거듭 얘기하지만 작가가 되고 싶다면 습작을 열심히 해야 한다. 얼마나? 남들보다 더 열심히. 남들이랑 똑같이 해서는 경쟁을 뚫지 못한다. 그래서 창작 관련 강의를 할 때마다 입버릇처럼 하는 말이 있다.

"여기 앉아 있는 다른 사람들을 제칠 각오가 되어 있지 않다면 작가가 될 수 없습니다."

매년 개최되는 출판 관련 공모전에 지원하는 숫자는 점점 늘고 있다. 창작 관련 강의들도 없어지지 않고 꾸준히 이어지고 있는 중이다. 하지만 안타깝게도 출판으로 통하는 문은 점점 좁아지고 있다. 출판계 상황이 안 좋아지면서 신인 작가를 뽑을 여력이 없어졌기 때문이다. 회사가 어려워지면 신입 사원을 안 뽑는 것처럼 신인 작가에게 주었던 눈길을 거두는 중이다. 그 와중에 작가 지망생은 더 늘어나니까 경쟁은 치열해질 수밖에 없다. 솔직히, 나도 요즘 시작했다면 지금처럼 작가로 성장했을지 장담할 수 없을 정도다. 그러니까 남들만큼 해서는 안 되고, 남들보다 더 해야만 기회를 얻을 수 있다. 강연할 때 이렇게 얘기를 풀어가면 이 시점에서 질문이 나온다.

"아까는 노력해서 안 되는 게 많다고 하셔 놓고 왜 노력하라고 하십니까?"

세상에는 노력해서 되는 게 있고 안 되는 게 있다. 가령 외모나 키, 집안 같은 건 개인이 선택할 수 없는 것이라 바꿀 수 없다. 소설의 문장도 바꿀 수 없다고 믿는다. 하지만 문장 이외의 것들은 노력에 따라서 충분히 바뀔 수 있다. 다음에 이어지는 절들(자료조사~캐릭터)은 내가 문장 이외에 피나는 연습과 습작으로 향상시킬 수 있다고 생각하는 것들이다. 문장 자체는 바뀔 수 없지만 사용하는 단어가 풍부해지면 좀 더 다채로운 느낌을 줄 수 있다. 물론, 어떤 경우든 끊임없는 노력과 자기 성찰이 전제다.

자료 조사

모든 글의 시작점이자 마무리가 바로 자료 조사다. 의외로 많은 작가들이 이 부분을 등한시하거나 혹은 자신의 감으로만 생각하고 넘어가려 한다. 하지만 독자에게 이런 허술함과 게으름은 금방 들통난다. 특히 경력도 부족하고, 판매도 크게 기대할 수 없는 신인 작가에게는 어쩌면 글쓰기 자체보다 더 중요할 수 있는 부분이다. 작가는 늘 새로워야 한다. 어제 했던 아이템을 오늘 얘기하는 건 내일을 포기하는 것이나 다름없다. 역사소설을 쓰는 경우는 물론이고 현대를 배경으로 한다고 해도 조사해야 할 것들이 많다. 예를 들어 경찰이 등장하는 부분이라면 경찰이 최근 쓰는 장비와 복장도 잘 알아야 한다. 아울러 신고와 출동 과정을 묘사해야 한다면 해당 분야에 대해서도 상세히 조사해야 한다. 조사 방법 중 가장 간단한 것은 인터넷을 이용하는 것이다. 실제 당사자가 남긴 기록부터 관련된 사진과 각종 에피소드가 잘 남아 있다. 하지만 인터넷에서 뒤져 본 걸 자료 조사의 전부라고 오해하는 사람이 많다. 인터넷에 공개된 것은 진위 여부를 판단하기 곤란하다. 그걸 올리는 사람이 반드시 정확한 사실만 올리리라는 보장도 없고, 무엇보다 사전 지식이 부족하면 뭐가 사실이고, 뭐가 거짓인지 판단할 기준이 없다는 문제점도 있다. 따라서 인터넷에서 자료를 모으기 전, 혹은 인터넷에서 자료를 찾으면서 다른 루트로도 자료를 찾아 교차 검증을 해야 한다.

인터넷 외에 자료 조사를 하는 가장 보편적인 방법은 바로 '사람'이다. 정확하게는 필요한 정보를 가진 사람과 인터뷰해서 알아내는 방식이다. 인터뷰의 장점은 필요한 걸 직접 알아낼 수 있을 뿐 아니라 친해지면 질문할 생각을 하지 못한 이야깃거리를 알아낼 수 있다는 점이다. 따라서 인터뷰는 작가에게 꼭 필요한 경험이다. 참고로 인터뷰를 하려면 사전에 상대방에게 양해를 구하고 녹음해야 하는데 처음에는 이게 거부감을 줄 수 있다. 그러니까 처음 만났을 때는 녹음을 하지 않다가 서로 친해지면 양해를 구하고 녹음기를 켜야 한다. 그리고 인터뷰를 하고 나면 항상 소정의 비용을 지급해야 한다. 녹음한 것은 집에 돌아와서 반드시 재생해봐야 하는데 며칠 사이에 두세 번 정도 들어보고 내용을 파악해야 한다.

옛날 신문도 글을 쓰는 데 중요한 재료가 된다. 포털사이트 네이버가 서비스하는 뉴스 라이브러리(newslibrary.naver.com)에서 1920년대 신문부터 검색할 수 있다. 근대를 배경으로 하는 소설을 쓸 때는 물론이고, 현대물을 쓸 때도 중요한 힌트가 될 만한 아이템을 찾을 수 있다. 특히 시대물을 쓴다면 반드시 읽어야 한다. 영상 매체는 세트나 의상, 음악 등으로 해당 시대를 보여줄 수 있다. 하지만 소설에 그런 부분을 지나치게 많이 집어넣을 수는 없다. 이야기 진행에 부담을 주기 때문이다. 따라서 아주 짧은 단어나 주인공이 사용하는 소품 같은 걸로 드러내야 한다. 예를 들어 80년대를 배경으로 하는 스토리에 부유층을 등장시킬 때는 국산차보다 당시 수입되던 고급 외제차를 타고 다니는 장면과 외식을 하러 경양집을 가는 장면을 넣는 식이다. 독자들은 의외로 수준이 높기 때문에 작가가 어떤 의도로 이 장면을 넣었는지 빨리 파악한다. 만약 그 장면을 시대상을 설명하려고만 넣었다면 독자들은 분명 시간 낭비를 했다고 여길 것이다.

시대상을 묘사하기 위해 봐야 할 자료는 굉장히 방대하다. 예를 들어 나는 시간이 날 때마다 유튜브에서 '이산가족 찾기'를 즐겨본다. 80년대라는 시대상을 가장 잘 드러내는 사건이고, 사람들의 말투나 옷차림을 관찰할 수 있기 때문이다. 90년대는 시트콤을 찾아서 보면 분위기를 읽을 수 있다. 내가 당장 쓰지 않거나 쓸 계획이 없다고 해도 상관없다. 자료라는 건 쌓아놓으면 사라지지 않으니까 말이다. 혹시 너무 많아 과부하가 걸릴지 모른다는 걱정은 버려도 좋다. 이게 시험도 아니니 다 외울 필요는 없다. 다만 80년대를 묘사하려면 어떤 자료를 어디서 찾아야 하는지만 알아두면 된다.

작가는 집요해야 한다. 남들을 이야기로 설득해야 하기 때문이다. 그러니까 귀찮다고 어설프게 넘어가려 했다가는 매의 눈이 달린 독자에게 걸려서 망신을 당할 수 있다. 배경이 현대라고 해도 마찬가지다. 내가 쓰고 싶은 분야가 전문성을 포함했다면 신문이나 영상은 중요한 참고 자료가 된다. 예를 들어 내가 술을 마시지 못하는데 술자리 분위기를 묘사해야 한다면 술자리가 나오는 영상을 보며 참고해야 한다. 특히 보이는 부분 외에 음향이나 냄새 같은 부분도 집중해서 보고 묘사해야 독자들이 실제 술자리에 있는 것 같은 느낌을 받을 수 있다.

역사물로 넘어가면 자료 조사의 중요성은 급격하게 높아진다. 일단 자료 조사 과정에서 흥미로운 소재를 찾을 확률이 높아지기 때문이다. 조선시대 변호사인 '외지부'나 007격인 '체탐인' 같은 소재는 모두 《조선왕조실록》을 보면서 찾아낸 것들이다. 역사물을 쓰는 작가는 끊임없이 공부해야만 한다. 역사 공부를 하면서 가장 놀란 점 중 하나는 많은 작가들이 역사가를 자처하면서도 공부를 하지 않는다는 것이었다. 정확하게는 옛날에 공부한 것으로 지금까지 버티는 것이다. 역사학계는 끊임없이 논쟁하고 토론하면서 새로운 가설을 주장하고 학설로 정착시킨다. 고고학 발굴에서 몰랐던 역사적 실체들이 드러나기도 하고, 문중에서 보관 중인 문집들이 공개되며 기존의 학설을 뒤집기도 한다. 예를 들어 역사소설이나 영화에서 정조의 발목을 잡는 악당으로 등장하는 심환지의 경우가 그렇다. 몇 년 전, 정조와 심환지가 개인적으로 주고받은 편지들이 공개되면서 사실 두 사람의 갈등이 짜고 치는(?) 고스톱이라는 사실이 밝혀졌다. 그리고 역사소설을 쓸 때 항상 등장하는 황토마루라는 것이 있다. 한성의 육조거리에는 황토마루 혹은 황토현이라고 부르는 언덕이 있었다. 지금의 세종로 남쪽에 해당되는데 개인적으로는 동화 면세점이 있는 쪽이 아닌가 한다. 사람들이 자주 다니는 바람에 풀과 나무가 자라지 않아서 그냥 흙으로 된 언덕이 되어버린 곳이다. 따라서 주인공을 비롯한 등장인물이 육조거리를 지날 때는 반드시 황토마루를 보거나 지나가야 한다. 조선시대를 다루는 소설 중에 한성을 공간적 배경으로 삼는데 황토마루에 관한 얘기가 안 나온다면 개인적으로는 작가가 자료 조사를 제대로 안 한 것으로 친다. 그 정도는 약과다. 세종대왕 시대를 배경으로 하는데 곰방대가 등장한다든지, 조총을 얘기하는데 구조나 발사 방식을 잘 모르는 느낌을 받는 경우도 있었다. 물론 이야기 진행에 큰 문제가 없다면 대충 얘기하고 지나갈 수도 있다. 하지만 적어도 대충 이야기하고 넘어갈지 아니면 제대로 설명할지는 작가가 판단해야 한다. 그 판단을 하려면 충분히 지식이 쌓여 있어야 한다. 가끔 시간 낭비라고 하는 경우가 있는데 천만의 말씀이다. 해당 시대에 대한 이해도가 높아질수록 좋은 소재를 찾을 확률이 높아지고, 한 번 지식을 쌓아두면 두고두고 쓸 수 있기 때문이다.

특히 역사물로 주목받으려면 현대와의 연결고리가 있어야 한다. 예를 들어 《조선변호사 왕실 소송 사건》의 경우 변호사라는 현대의 직업이 조선시대에도 존재했다는 사실 때문에 눈길을 끌었고, 《유품 정리사 - 연꽃 죽음의 비밀》은 조선시대에는 존재하지 않았던 유품정리사라는 직업을 교묘하게 심어놓으면서 인기를 끌었다. 둘 다 몇 년 동안 《조선왕조실록》을 비롯한 각종 자료들을 찾아보면서 자료를 쌓았기 때문에 집필이 가능했다.

마지막으로 자료 조사를 하다가 자칫 '자랑 병'에 빠질 수 있다는 경고를 하고 싶다. '본전 병'과 비슷하지만 어떻게 보면 더 치명적인 이 병의 시작은 바로 자료 조사다. 소설을 쓸 때만큼은 아니지만 자료 조사를 하다 보면 미칠 듯이 짜릿한 순간이 찾아온다. 이걸 소재로 쓰면 대박이 나겠다는 기대감과 생각지도 못한 상황에서 월척을 낚았다는 짜릿함을 동시에 느낀 것이다. 《조선왕조실록》에서 과거를 대신 쳐주는 선접꾼과 거벽, 사수를 봤을 때가 그랬고, 조선시대 변호인 격인 외지부가 존재했다는 사실을 알 때도 그랬다. 삼국시대 귀부인이 썼을 법한 금귀걸이를 묘사하려고 박물관을 직접 찾아가서 살펴봤을 때는 시간과 돈을 쓴다는 짜증이 나기보다 이런 것까지 찾아보는 내가 스스로 대견스러웠다. 거기에 한술 더 떠서 역사학계가 주최하는 학술 세미나에 참석해서 전공자의 발표를 듣고, 관련 논문과 발표 자료들을 들여다봤다. 간간이 있는 답사를 따라가는 경우도 있었다. 그런 과정에서 전공자들과 얘기를 나누거나 토론을 할 기회가 있었는데 아주 큰 도움이 되었다. 예를 들어 고구려가 왜 그렇게 잘 싸웠는지에 대한 해답을 무기 체계나 병력의 숫자같이 눈에 보이는 것이 아니라 그럴 수밖에 없는 사회 구조와 주변 정세를 통해 듣는 식이다. 눈에 보이는 것이 아닌 그 내면에 있는 사실을 파악해야 그 시대가 왜 그렇게 흘러갔고, 그 사람이 왜 그런 판단을 할 수밖에 없었는지를 이해한다. 그러면서 기존에 역사라고 생각하던 것과 실제가 많은 차이를 보일 수밖에 없다는 사실을 받아들이게 된다. 예를 들면 부하를 사랑했을 것 같은 이순신 장군은 사실 일본군보다 더 많은 조선군을 죽였다. 군율 위반을 엄격하게 처벌했기 때문이다. 《난중일기》를 보면 부하들을 처형하고 처벌한 기록들이 수도 없이 나온다. 살짝 충격을 받긴 했지만 임진왜란이라는 비상상황과 인권과 평등의식이 없던 조선시대라는 사실을 감안하면 배신감을 느낄 이유는 없었다. 여하튼, 이런 식으로 쌓여가는 지식은 손끝을 근질거리게 만든다. 하지만 참아야 한다. 나나 당신이 쓰는 건 논문이 아니라 소설이니까 말이다. 소설은 첫 번째도 재미, 두 번째도 재미, 세 번째도 재미다. 그 원칙을 벗어나서는 그 어떤 소설도 독자의 사랑을 받을 수 없다. 우리가 자료 조사를 꼼꼼하게 하는 이유도 그런 재미를 더 보강하기 위해서다. 명심해야 할 부분이 바로 이 지점이다. 우리는 자료 조사 한 것을 남들에게 보여주려고 글을 쓰고 계약서를 작성하는 것이 아니다. 소설의 재미를 높이고자 자료 조사를 하는 것뿐이다. 따라서 자료 조사는 일정한 한계를 가질 수밖에 없다는 사실을 인정해야 한다. 자료 조사에 매몰돼, 정확하게는 자료 조사를 하는 자신의 역량과 실력을 뽐내려고 글을 쓰는 일이 벌어져서는 안 된다. 자료 조사 한 것은 이야기의 메인이 아니라 주변부에 등장하기 때문이다. 주인공이 입고 있는 옷과 신발, 모자 같은 의상부터 먹는 음식과 타고 다니는 교통수단, 여성들의 장신구, 기르는 동물들, 대신의 관직 이름부터 그 시대에만 있던 독특한 직업 혹은 그 시대를 상징하는 어떤 구조물까지 보여줘야 할 것들은 너무나 많다. 하지만 그걸 다 보여줘서는 안 된다. 설사 내가 알고 있고, 이걸 자랑하고 싶어도 말이다. 그런 주변부의 설명이 너무 길어지면 독자는 피로감을 느낀다. 글은 쓸데없이 길어지고, 독자는 이게 어떤 복선을 뜻하는 것인지 해석하느라 머리가 아파진다. 복선이 아니라는 걸 알고 나서는 배신감을 느낀다. 물론, 내가 이렇게 열심히 자료 조사를 한 것을 독자들에게 자세하고 꼼꼼하게 자랑하고 싶다는 생각이 드는 것은 당연한 일인지도 모르겠다. 사실 인터넷이 있다고 해도 자료 조사라는 것은 절대 쉽지 않다. 노하우가 어느 정도 쌓인 지금조차 필요한 자료 조사를 하다가 지쳐버리는 경우가 한두 번이 아니다. 거기다 실제 사건을 소설에 맞춰 바꾸는 부분도 말처럼 쉽지 않다. 하지만 그걸 극복하는 게 바로 작가가 해야 할 일이다.

나 역시 초보 시절에 삼국시대를 배경으로 하는 소설을 쓰면서 등장인물이 타고 가는 수레를 쓸데없이 길게 묘사했고, 길을 가다 마주친 귀부인의 장신구를 너무 자세하게 묘사했다. 그 탓에 독자들에게 그걸 어떤 의미로 집어넣었는지 계속 질문을 받아야만 했다. 더불어 재미없었다는 솔직한 반응도 들었다. 지금도 나는 자료 조사를 얼마나 해야 하고, 어떤 방식으로 해야 하는지, 그리고 얼마만큼 해야 하는지 정확하게 알지는 못한다. 그저 필요하다고 느낄 때까지 조사하고, 나올 때까지 어떤 방식으로든 뒤져 본다. 계속 자료는 쌓이고 지식도 머리에 남아 있지만 이 정도면 충분하다고 생각한 적은 없다. 하지만 아는 것과 자기가 아는 것들을 전부 풀어내는 건 다른 얘기다. 달도 차면 기울고 자신감이나 보상심리는 지나치면 인정받지 못하는 법이니 말이다. 내가 열심히 하는 것과 성과로서 인정받는 것은 다른 문제다. 성과를 내기 위해 열심히 하는 것일 뿐이다. 세상을 살아가다 보면 죽을 만큼 열심히 노력했는데도 아무런 성과를 거두지 못하는 일이 한두 번 일어나는 게 아니다. 그런데 왜 글을 쓰는 일에서만 노력에 대한 보상이 있어야 한다고 당연하게 여기는지 모르겠다. 안타깝지만 글을 쓰고 책을 내는 건 수많은 복잡한 요소가 맞물려 돌아가면서 결정이 된다. 출판의 신이 나를 도와줄 때도 있지만 안 그럴 때도 있는 법이다. 《해리 포터》의 작가인 조안 K 롤링이 엄청나게 많은 투고를 했다가 겨우 작은 출판사에서 책이 나온 사례까지 가지 않더라도 비슷한 일들은 수없이 많이 일어난다. 글을 쓰는 일이란 좌절하고 그 좌절에서 벗어나는 일을 반복하면서 스스로 단단해져서 성과를 내는 작업이다. 자랑 병은 좌절에서 이겨내는 힘 대신 손쉬운 포기를 주는 아주 나쁜 병이다. 자료 조사에 대한 보상심리가 커지다 보면 설정 병과 본전 병으로 이어지기 때문이다. 작가 지망생이라면 누구나 다 이런 병들을 가볍게 앓곤 한다. 하지만 면역에 실패하고 증상이 심해진 지망생은 소리 소문 없이 사라진다.

로그라인

소설 쪽에서는 생소하지만 영화나 드라마 쪽에서는 익숙한 용어다. 원래는 할리우드에서 작가들이 제작자에게 자신이 쓴 영화 시나리오를 짧게 설명하려고 압축한 것에서 비롯됐기 때문이다.

예를 들어 〈죠스〉의 로그라인은 '작은 해안마을에 나타난 식인상어를 막는 경찰서장 이야기'이며 〈곡성〉의 로그라인은 '곡성의 경찰이 마을에서 일어나는 괴상한 현상들을 풀어가는 이야기'라는 식이다. 실제로 입으로 얘기해보면 5초 안에 끝난다. 농담 반 진담 반으로 제작자와 같은 엘리베이터를 타서 내리기 전까지 설명하기 위해 최대한 압축한 것이라고 한다.

공모전 심사 정도를 제외하고는 누군가의 글을 읽는다는 건 굉장히 지루한 일이다. 따라서 원고를 정성껏 써서 보냈다고 해도 상대방이 그걸 본다는 보장이 없다. 나에게는 신선하고 흥미롭지만 상대방에게는 오래되고 지루한 이야기일 수 있기 때문이다. 따라서 상대방이 그걸 판별할 수 있는 장치를 제공해줘야 한다. 힘들게 글까지 썼는데 떠 먹여주기까지 해야 하느냐는 반문을 종종 받는다. 거기에 대한 내 대답은 한결같다.

"목마른 사람이 우물을 파야죠."

로그라인에 대한 설명을 하면 대개 시놉시스를 줄인 것 정도로 오해한다. 하지만 로그라인과 시놉시스는 별개의 존재다. 시놉시스는 글을 본다는 걸 전제로 해서 쓰는 것이고, 로그라인은 그걸 볼 생각이 없는 사람을 대하거나 그런 상황 속에서 얘기하는 것이다. 거기다 분량은 비교할 수도 없이 짧다. 로그라인에는 200자 원고지로 1000매 정도 되는 이야기를 함축적으로 담아야 한다. 간혹 이게 불가능하다고 보기도 하지만 더 복잡하고 어려운 영화나 드라마도 줄이는 게 가능한 이상 핑계에 불과하다. 그리고 개인적으로는 로그라인을 잘 얘기할 수 있느냐 없느냐로 그 사람의 실력을 판단한다. 왜냐하면 몇 년 동안 그 주제를 파헤치고 있고, 여러 차례 원고를 수정해서 다 외울 정도라면 그걸 몇 글자로 줄이는 것 또한 가능하기 때문이다. 그게 불가능하다면 앞에 했던 얘기들이 거짓말이라고 판단한다.

책을 내기까지는 여러 단계를 거쳐야 하지만 그 시작은 대부분 예상 밖의 상황일 때가 많다. 동료 작가에게 얘기했더니 출판사를 소개해 주거나, 혹은 여럿이 모인 자리에서 지나가는 말처럼 했는데 그걸 귀담아 들은 편집자가 관심을 보인다든지 하는 경우가 대표적이다. 따라서 작가는 언제 어디서나 자기 작품을 설명할 수 있도록 준비하고 있어야 한다. 로그라인이 바로 그 시작점이다.

소설과 영화는 다른데 굳이 따라 할 필요 있느냐고 하는 사람도 있지만 영화가 아니라 영화 할아버지라고 해도 좋은 점이 있으면 가져와야 한다.

로그라인에는 몇 가지 원칙이 있다. 일단 어떤 내용인지 한 번에 파악이 가능해야 하기 때문에 주인공이 어떤 고난과 역경을 겪을지가 반드시 들어가야 한다. 그러니까 로그라인이 짧다고 만만하게 봐서는 안 된다. 몇 번이고 수정해서 작성해야 하고, 직접 입으로 반복적으로 얘기해봐야 한다.

2016년, 부산 국제영화제 아시아 필름마켓의 피칭 행사인 북투필름이 끝나고 뒤풀이 자리가 있었다. 사회를 봐주신 분이 국내에서 내로라하는 영화를 만든 제작자라서 그런지 많은 영화와 드라마 작가들이 그 분에게 자기 작품에 대한 얘기들을 했다. 그걸 보면서 든 두 가지 생각은 안쓰럽다는 것과 대단하다는 것이었다. 이런 자리에서 다른 사람들의 눈치를 보면서 작품 얘기를 해야 하는 처지는 안쓰러워보였지만 이런 기회를 놓치지 않겠다는 열정은 대단하다는 생각으로 이어졌다. 그때 작가들이 자신의 작품에 대한 포트폴리오를 건네면서 로그라인을 얘기했다. 어떻게 보면 또 다른 피칭을 한 셈이다. 성과가 어떻든 자기 이야기를 누군가에게 즉석에서 설명할 수 있다는 점은 큰 장점이 될 수 있다. 그 이후 나는 글을 쓸 때 항상 제목 아래에 로그라인을 집어넣는다. '한 줄 카피'라고도 부르는데 이걸 넣는 이유는 작품의 기준점을 잡기 위해서고, 나중에 어떤 장소에서 누군가에게 돌발적으로 얘기하는 상황이 닥쳤도 얘기할 수 있도록 준비하기 위해서다. 세상 모든 일이 그렇듯 출판도 교과서대로 흘러가지 않는다. 따라서 언제 어디서나 자신의 이야기를 설명할 수 있으려면 반드시 자신의 작품에 대한 로그라인을 만들고, 그걸 얘기할 수 있도록 준비해야 한다. 이건 글 쓰는 재능과는 상관없다. 자신이 쓰는 글에 대한 이해도가 높고 미리 준비하고 연습하면 된다. 따라서 내가 글 쓰는 재능이 없다고 생각한다면 더더욱 열심히 준비해야 하는 항목이다. 나름대로 영화의 로그라인을 몇 개 정리해봤다.

• 태극기 휘날리며

한국전쟁에 참전한 동생을 보호하기 위한 형의 피나는 노력을 담고 있다. 형제는 마지막 전투에서 재회하지만 형이 동생을 살리려고 희생한다.

• 올드보이

오늘만 대충 살던 오대수가 어느 날 갑자기 사설감옥에 갇히고 15년 후에 풀려난다. 누가 자신을 감금하고 왜 풀어줬는지를 찾는 이야기.

• 부산행

좀비 바이러스가 창궐한 서울에서 탈출해 안전한 부산으로 가기 위한 KTX에서의 사투.

• 괴물

한강에 나타난 괴물에게 딸이 납치당하자 일가족이 구출에 나선다.

• 고지전

한국 전쟁 당시 치열한 고지전을 배경으로 한 미스터리.

• 7번방의 선물

흉악범들이 모여 사는 7번방에 들어온 어린 딸을 지키는 이야기

인터넷에서 '로그라인'으로 검색하면 제법 많은 정보를 얻을 수 있다. 거듭 얘기하지만 책은 영화가 아니다. 하지만 이런 로그라인은 짧은 순간 자신의 책을 설명할 기회가 생겼을 때 굉장히 유용하다. 의외로 많은 결정이 비공식적

인 자리에서 이뤄지기 때문이다. 공식적인 자리라고 해도 상대방의 흥미를 끌려면 자신의 작품에 대한 로그라인을 먼저 얘기하는 게 순서다. 그 다음에 상대방이 관심을 보이면 시놉시스를 보여주거나 들려주면서 다음 단계로 진입하는 것이다.

초고

오해하지 말아야 할 것이 작가가 써서 출판사에 넘겨준 원고는 완성된 최종본이 아니라 '초고', 즉 첫 번째 쓴 원고다. 초고에 관한 가장 유명한 이야기가 바로 "초고는 쓰레기다"라는 것이다. 사실, 편집자가 존재하는 이유와 그들이 중요성이 가장 부각되는 지점이 이 부분이다. 작가가 쓴 초고는 감정의 덩어리 그 자체다. 글을 쓰려고 가다듬었던 감정이 뭉쳐 있거나 흩어져 있고, 캐릭터는 제대로 자리잡혀 있지 않고, 반전은 앞뒤가 맞지 않는 경우가 많다. 따라서 냉철함을 무기로 하는 편집자가 그걸 보고 정리를 해준다. 이 등장인물의 비중은 높이고, 주인공은 말이 너무 많으니까 행동으로 보여주라고 하고, 반전은 어색하니까 치밀하게 짜고, 이런 엉터리 대화는 제대로 좀 바꾸라고 얘기해준다.

작가가 머리에 떠올린 아이디어는 대부분 뒤죽박죽이기 일쑤고, 그걸 풀어낸 글 역시 크게 다르지 않다. 이런 얘기를 하면 "내 아이디어는 완벽하고 잘 짜여 있어요"라고 반박할 수도 있다. 하지만 모든 걸 창조해낸 창조주가 보는 소설의 내용과 아무 사전 정보 없이 보는 편집자나 독자가 보는 내용이 같을 수는 없다. 창작자는 등장인물을 따로 설명하거나 그가 행동하지 않아도 그가 무슨 생각을 하고 어떻게 움직일지 알고 있다. 하지만 다른 사람은 그걸 알 턱이 없고, 알 수도 없다. 따라서 초고는 어떤 식으로 쓰고, 얼마나 걸렸든지에 상관없이 고칠 각오를 해야 하고, 출판사에서 수정 요청이 들어온다면 성실하게 최선을 다해 수정해야 한다. 아울러 오탈자와 오기에 대한 수정도 이뤄진다.

간혹 자신의 문학적 감수성을 이유로 들어 고치지 않고 버티는 사례가 있지만 아주 쓸데없는 바보짓이다. 초고는 쓰레기라는 얘기를 한 사람이 바로 헤밍웨이였기 때문이다. 그가 《노인과 바다》를 200번이나 고쳐 썼다는 건 세상에 처음부터 완벽한 글은 없다는 걸 보여준다. 이 글을 쓰고 있는 나나, 이 글을 보고 있는 당신이나 헤밍웨이의 발

끝에도 미치지 못한다. 따라서 얌전히 요청을 심사숙고해서 손을 대는 게 여러모로 좋다.

개인적으로는 습작 다음으로 작가의 실력이 늘어나는 때가 바로 초고를 수정하는 단계라고 생각한다. 번거롭고 짜증나는 단계이긴 하지만 정리되지 않은 거친 글들을 깎고 다듬는 과정을 통해 실력이 늘어나는 것이다. 습작이 글쓰기에 대한 이해도를 높여준다면 수정은 그 글에 상업적인 가치와 현실성을 입혀준다. 사실 10년 넘게 글을 쓰고 수십 권의 책을 냈지만 수정 요청을 받을 때는 여전히 긴장되고, 수정된 원고를 보낼 때는 초고를 보낼 때보다 더 부담이 된다.

이렇게 수정을 거쳐서 최종적으로 완성된 것을 퇴고라고 부른다. 이제 끝났다는 의미지만 여러 번 거쳤다고 해도 오탈자를 완벽하게 잡아낸다는 보장은 없다. 그래도 수정 단계를 얼마나 거쳤느냐에 따라 책의 완성도가 높아지고 독자가 편안하게 독서할 수 있는 상태가 된다. 눈에 띄는 오탈자가 많다면 책의 내용에 몰입하는 데 큰 방해가 된다. 따라서 초고가 완성되면 바로 보내지 말고 며칠 묵혀뒀다가 다시 열어봐야 한다. 그러면 오탈자는 물론 자신이 쓴 글에 대한 장단점이 명확하게 보인다. 이때 오탈자를 수정하고 보낸다. 그리고 출판사에서 수정 요청이 들어오면 그 원고에 바로 작업하지 말고 복사본을 하나 만들어서 작업해야 한다. 이때 넘버링을 붙이고 작업을 시작한 날짜를 표시해서 버전들로 구분한다. 자칫 수정하다가 막히거나 잘못된 방향으로 갈 경우 처음부터 다시 해야 하는데 이전 버전이 없으면 큰 문제가 생길 수 있다. 자칫하다가 미궁에 빠진 경우, 아예 예전 버전을 가지고 새로 시작하는 것도 한 가지 방법이기 때문이다. 아울러 버전별로 수정 작업을 해야 어떤 과정을 거쳐 초고가 퇴고가 되는지 명확하게 알 수 있다. 번거롭긴 하지만 어차피 글을 쓰는 것 자체가 번거로운 일이니까, 참고 하는 수밖에는 없다.

캐릭터

글을 쓰는 방식은 아주 다양하다. 일단 시놉시스를 아주 꼼꼼하게, 거의 트리트먼트 수준으로 쓰고 집필하는 작가도 있고, 로그라인보다 약간 긴 시놉시스를 가지고 시작하는 작가도 있다. 아니면 아무것도 없이 오직 머릿속으로만 생각하고 키보드를 누를 수도 있다. 나도 첫 장편을 쓸 때 첫 부분과 마지막 부분만 생각하고 두 권짜리를 집필했다. 그때의 고생을 밑바탕 삼아서 그 이후에는 장편을 집필할 때는 반드시 시놉시스를 작성한다. 필요하면 단편을 집필할 때도 시놉시스를 쓴다. 물론 장편보다는 짧지만 말이다.

최근 시놉시스를 쓰면서 중점을 두는 것이 바로 캐릭터 형성이다. 보통은 사건을 중심으로 쓰기 때문에 캐릭터에 대한 세세한 설정은 뒤로 밀리는 경우가 많다. 하지만 독자의 사랑을 많이 받은 내 작품은 대부분 인상적인 캐릭터가 등장하는 것이었다. 그래서 최근에는 캐릭터를 만들고, 그 이후에 사건과 반전을 집어넣는다. 번거롭고 실패할 확률이 높긴 하지만 책이 독자의 사랑을 받지 못하는 것만큼 고통스러운 일은 없으니 이 과정을 거치는 것이다. 더욱이 창작물이 계속 쌓이면서 비슷하거나 천편일률적인 캐릭터로는 사랑을 받지 못하고 있다. 그러니까 이야기를 풀어내기 전에 독창적인 캐릭터를 먼저 생각해봐야 한다. 캐릭터에 대한 힌트는 주변에서 찾아야 한다. 몇 년 전, 강원도 영월의 중학교에 강의를 갔다가 롯데 자이언츠 유니폼을 입고 있는 여학생을 만난 적이 있다. 생각해보니 프로야구팀의 유니폼이나 티셔츠를 입는 것만으로 등장인물의 정체성을 상징할 수 있다는 생각이 들었다. 각 팀은 각자의 특징이 있고, 그 팀을 응원하는 팬에게도 각자의 특징이 있기 때문이다. 이런 식으로 캐릭터를 하나씩 창조해나가는 과정이 이야기를 더욱 묵직하게 만들어줄 수 있다. 그러니까 반드시 캐릭터를 창조하는 과정을 별도로 거쳐야 한다. 그리고 적당한 시점에 캐릭터와 사건을 유기적으로 결합하도록 한다. 아니면 아예 캐릭터를 먼저 만들어놓고 사건을 풀어보는 것도 한 가지 방법이다.

습작과 로그라인, 캐릭터 만들기, 초고 수정 등은 앞서 얘기한 인맥 관리나 출판사와의 친분보다 수백 배 중요하다. 이런 장치적인 요소를 잘 결합하면 한편의 근사한 소설이 완성될 것이다. 물론 결과물을 낸다는 건 쉽지 않다. 분명 열심히 쓰고 최선을 다했지만 독자들에게 인정받지 못하면 아무 소용이 없기 때문이다. 하지만 계속 반복하다 보면 자신의 글과 독자의 취향과의 접점을 찾을 수 있을 것이다. 그러니까 잘 안 된다고 포기하지 않아도 된다. 나도 10년이 넘는 세월 동안 헤맸고, 솔직히 지금도 잘 알고 있다고는 못 하니까 말이다. 시키는 대로 습작도 열심히 하고, 인맥관리에도 최선을 다했으며, 출판사와도 좋은 관계를 유지하고 있다면 이제 계약서와 가까워진 것이다. 습작 과정을 거치면서 갈고 닦은 글이 출판사에 들어가고, 두근두근거리는 기다림 끝에 드디어 꿈에서라도 듣고 싶던 얘기가 들려온다.

"원고 좋네요. 계약해요. 작가님."

이제부터는 계약서를 검토하고 쓰는 단계로 넘어가야 한다.

"계약서를 믿지 말고
계약서를 둘러싼 상황을 믿어야 한다."

제 2 장

계약서 들여다보기

계약서를 왜 꼼꼼히 봐야 하는가?

계약서를 자세히 살펴봐야 하는 이유는 나중에 피눈물을 흘리지 않기 위해서다. 지금이야 100권이 넘는 책을 쓰고 계약서라는 주제로 책까지 쓰고 있지만 나 역시 계약서에 관한 흑역사가 몇 개 있다. 먼저, 습작생 시절 이상한 곳과 계약을 잘못 맺은 적이 있다. 일종의 출판 에이전시였는데 곧 작가가 된다는 생각에 계약서 내용도 보지 않고 서명을 해버렸다. 그 직후에, 서점에 데려가서 코너 소개를 하는데 이상하다는 낌새가 느껴졌다. 하지만 이미 계약서에 서명을 한 이후라 빼도 박도 못하는 상황이 되었다. 그렇게 멋도 모르고 계약서를 쓰고 나서 한동안 고생했던 기억이 있다. 세부적인 계약서 내용은 기억이 잘 나지 않지만 내가 몇 년 동안 쓰는 원고에 대한 권리를 에이전시가 모두 소유한다는 것이었다. 심지어 계약금 한 푼 없이 말이다. 뒤늦게 이상하다고 느꼈지만 일단 계약을 지키는 수밖에는 없었다. 그래서 울며 겨자 먹기로 원고를 건네줬는데 이리저리 고치라는 얘기만 반복했다. 지친 나는 결국 에이전시를 거치지 않고 직접 출판사에 투고를 했다. 그런데 에이전시가 분명 원고를 건네줬다고 한 출판사였는데 원고를 받은 적이 없다는 황당한 답변을 들었다. 나중에 이 문제를 따지니까 말도 안 되는 변명을 하면서 어물쩍 넘어가려고 했다. 그 이후 나는 에이전시를 믿지 않았다. 해당 에이전시와 계약을 파기하느라 정말 힘들었는데 다행히 스승님 중 한 분의 도움으로 문제를 해결할 수 있었다. 이때 가장 힘들었던 부분은 나는 내가 피해자라고 생각했지만 외부에는 직접 서명한 계약서를 무시하려고 하는 사람으로 비쳤다는 것이다. 타인은 나의 사정에 관심이 없다는 걸 이때 깨달았다. 오직 눈에 보이는 것만으로 저울질을 할 뿐이다. 계약서는 그런 저울질을 할 때 중요한 무게추 역할을 한다.

그 다음 흑역사는 당시로서는 꽤 큰 출판사와의 계약을

제안받았을 때 생겼다. 역시 직접 제안받은 것이 아니라 중간에 누군가가 끼어 있었는데 그게 화근이었다. 소개해준 사람의 체면을 생각해서 계약서를 제대로 살펴보지 않고 서명을 해버린 것이다. 그러니까 그 계약서는 선금을 비롯해 계약금은 한 푼도 없고, 나중에 콘텐츠가 나와서 자신들이 판매하고 나면 그때 약정한 금액을 준다는 것이었다. 문제는 콘텐츠라는 게 몇 달 동안 시간을 투자해야 만들어진다는 것이었다. 결국 돈을 한 푼도 못 받고 일했고, 잘 팔리지 않은 탓에 콘텐츠가 완성되고 난 이후에도 노력과 시간을 들인 것에 비해 제대로 보상받지 못했다. 그나마 뒤늦게 정신을 차려 같은 계약서를 들이미는 출판사의 제안을 단칼에 거절했다는 것을 위안으로 삼고 있다.

손쉽게 책을 내보겠다는 욕심 탓에 상황을 제대로 파악하지 않았고, 계약서를 꼼꼼하게 살펴보지 않아서 문제가 발생했다. 두 가지 사례 모두 나에게 책임이 있다. 상대방이 나에게 계약서에 서명하라고 협박한 것이 아니었기 때문이다. 단지, 사실대로 알려주지 않은 사항이 몇 개 있을 뿐이지만 그건 서명을 하는 것으로써 끝나고 말았다. 어쨌든 서명을 했다는 건 그 사항을 받아들이겠다는 뜻이니까 말이다. 이 두 개의 계약은 나의 작가 인생을 완전히 망칠 뻔했다. 그리고 주변에서 계약 문제로 스트레스를 받다가 두려움 탓에 더 이상 글을 쓰지 못하게 된 사례들을 보았다. 그들은 한 순간의 실수 혹은 방심 때문에 자신의 꿈을 포기한 채 쓸쓸히 사라져야만 했다.

그래서 에세이 출간을 제안받았을 때 '계약서'라는 주제를 머리에 떠올렸다. 나처럼 바보같이 서명해서 고생하지 말라는 의미로 말이다. 앞에서도 얘기하고 뒤에도 몇 번 얘기하겠지만 계약서는 서명하기 전에 모든 검토를 끝내야 한다. 서명하고 난 이후에는 되돌릴 수 없다. 그걸 바로 잡으려면 책 몇 권을 쓰는 것보다 더한 역경과 고난을 겪어야 한다는 걸 명심해야 한다. 계약서의 조항이나 문구를 확인해보는 것도 중요하지만 그보다 앞서 이 계약이 합리적인지 혹은 나에게 도움이 되는지에 대한 확신이 있어야 한다. 내가 쓴 글을 책으로 내겠다는 생각에 너무 파묻혀 계약서를 제대로 보지 못하면 나중에 어마어마한 부메랑이 돼서 돌아올 수밖에 없다. 덧붙여서 계약서에 관련된 질문 중에 가장 답변하기 곤란한 질문은 예나 지금이나 똑같다.

"작가님. 제가 계약을 제안받았는데 내용이 너무 형편없어요. 어떻게 하면 좋을까요?"

물론 출판사가 날개 달린 천사가 아닌 이상 최대한 손해를 안 보는 방향으로 계약서를 만든다. 그걸 나쁘거나 이상하게 받아들일 필요는 없다. 다만, 계약서는 한 번 서명을 하면 바꾸거나 되돌릴 수 없는 것이니까 신중하게 생각해야 한다. 표준 계약서를 사용하는 출판사가 점점 늘어나고 있지만 회사마다 차이는 엄연히 존재한다. 그러니까 계약서를 몇 번 써 봤다고 대충 넘어가는 건 위험하다. 다음 절은 계약서를 작성하면서 살펴봐야 할 점들이다.

계약서에서 중점적으로 봐야 할 것들

가장 중요한 건 역시 저작권이다. 저작권은 창작물을 만든 사람이 가지고 있는 원천적인 권리를 가리킨다. 소설은 물론이고 영상물이나 음악, 미술 등에서 폭넓게 인용되는 기초적인 권리다. 표절이나 기타 법적인 문제가 없다면 당신이 쓴 글의 저작권은 당연히 당신에게 있다. 나는 아직 사용한 적이 없지만 저작권을 지키는 것이 불안하다면 저작권등록을 하는 방법을 고려해보도록 하자. 한국저작권위원회(https://www.cros.or.kr)의 온라인 사이트에 들어가면 저작권을 등록하는 방법을 설명해주고 있다. 법적인 분쟁이 발생할 경우 저작권 등록 여부가 판결에 중요한 영향을 줄 수도 있다. 물론 저작권을 등록한다는 개념 자체가 낯설기는 하지만 본인의 권리는 스스로 지켜야 한다.

아울러 저작권은 저작인격권과 저작재산권으로 나뉜다. 저작인격권은 저작자만이 가질 수 있는 고유의 권리로서 내가 이 창작물의 창조자이며 유일무이한 권리를 가지고 있다는 것을 의미한다. 저작인격권은 그 어떤 계약서로도 타인이 가져갈 수 없다. 저작재산권은 저작물을 이용할 수 있는 권리를 뜻한다. 창작물은 다양한 방식으로 대중에게 공개돼 수익을 올려야 하기 때문이다. 이것은 계약에 의해 타인에게 권리를 양도할 수 있는데 출판 계약이라면 출판사에 저작재산권 중 배포권을 넘겨주는 것이다. 그 밖에 전송권 내지 공중송신권이 있다. 이것은 기존의 저작권이 영상이나 책이라는 매체를 기준으로 그 개념을 정립했는데, 최근 들어 활성화된 온라인 상황에는 맞지 않아 온라인상으로 배포하거나 판매하는 것에 대한 가이드라인을 정하기 위해 신설된 것이다. 출판계약서를 보면 주로 리디북스 같은 전자책 업체와 거래하려는 목적으로 전송권이 언급된다. 전송권에 대한 기준 금액이 없기 때문에 보통은 몇 퍼센트를 지급한다는 정도로 지정하는 경우가 많다.

출판계약의 핵심은 사실 작가의 저작재산권 중에서 배포권을 출판사에게 독점적으로 넘겨준다는 것을 확인하는 데 있다. 대부분의 출판계약서는 거의 첫 번째 조항에서 이 부분을 언급한다. 출판사는 작가에게 인세를 지급하는 반대급부로 이것을 가져가는 것이다. 중요하게 생각해야 할 부분은 독점권이다. 출판사와 계약하면 해당 콘텐츠에 대한 배포권은 출판사의 독점적인 권리로 인정된다. 출판사는 비용을 주고 콘텐츠에 대한 배포권을 가져간 것이기 때문에 이 부분에 대한 권리를 보호받아야 한다.

그 다음은 기간에 관한 것이다. 출판물의 배포권은 당연히 영구적인 것이 아니므로 기간을 정해야 한다. 책의 앞이나 뒤를 보면 발행인부터 편집, 마케터까지 책의 제작과 판매에 관여한 사람들의 이름이 나오는 판권지라는 것이 있다. 여기에 1쇄 발행일이 나오는데 이걸 기준으로 한다. 보통 5년으로 정하고, 만료되기 3개월 전까지 한쪽이(보통은 작가가) 문서로 통보하면 계약이 해지되는 것으로 보고 있다. 만약 별도 통보가 없다면 자동 연장되는 것으로 본다. 따라서 출판사와 계약을 해지하고 싶다면 기간을 잘 확인하고 통보해야 한다. 보통 내용증명을 많이 이용하는데 가급적이면 그 이전에 전화나 이메일 등을 통해 자신의 의사를 먼저 전달하는 게 좋다. 물론 작가가 계약을 연장하지 않겠다는 것은 출판사에게 어느 정도 불만이 있다는 걸 뜻한다. 하지만 지나치게 강경하게 나가면 언제 어디서 다시 마주칠지 모르는 출판계에서 불편한 관계에 놓일 수 있다.

그리고 출판사가 이런 권리를 제3자에게 넘기려면 작가가 동의해야 한다. 보통 서면 동의를 요구하니까 별도의 문서를 작성하게 될 것이다. 제3자가 인수하는 경우는 아주 드물고 출판계에서 그리 흔한 일은 아니지만 이 조항이 없으면 그냥 통보나 동의 없이 넘어갈 수 있기 때문에 조항이 있는지, 그리고 서면 동의를 해야 한다는 부분이 있는지 확인하도록 하자. 같은 맥락에서 작가는 같은 작품을 다른 출판사에서 출판하거나 혹은 배포권을 타인에게 넘겨줘서는 안 된다. 서로 상대방의 권리를 인정해주는 것이다. 살짝 애매한 게 여러 작가와 공동으로 참여한 앤솔로지다. 작가가 자신의 단편을 모아서 단편집을 내려할 때 5년이라는 시간을 지키기 애매할 수 있기 때문이다. 이럴 때는 보통 출판사와 협의한다. 암묵적으로 1~2년 정도 지났고, 자신의 작품만 모으는 단편집이라면 출판사가 양해를 해준다. 만약 앤솔로지에 들어간 단편을 자신의 단편집에 모을 계획이 있다면 사전에 출판사와 협의해서 해당 조항을 계약서에 넣든지 아니면 따로 협의한다는 문구를 넣어야 한다. 내가 아무리 작가라고 해도 계약서에 나와 있지 않는 부분을 출판사한테 일방적으로 양보하라고 요구할 수는 없기 때문이다.

보통 그 다음은 원고에 관한 내용이 들어 있다. 계약서를 받아보면 이 부분은 빈칸으로 직접 작성하게 되어 있다. 계약을 조율하는 단계에서 사실 가장 많이 오가는 내용이 바로 원고를 언제까지 완성할 수 있고, 그걸 언제 출판할 수 있을지다. 장편은 보통 계약서를 작성하고 1년 이내, 단편은 몇 달 안에 완성된 원고를 출판사에 넘겨주는 것으로 한다. 만약 약정한 기간 안에 원고를 완성하지 못할 일이 생기면 미리 통보하도록 되어 있는데 이건 계약서에 나와 있지 않다 하더라도 당연히 작가가 출판사에 얘기를 해줘야 한다. 출판사의 일정에 차질을 빚을 수 있기 때문이다. 설사 계약서에 기간이 기입돼 있지 않고 구두로 약속했다고 하더라도 반드시 그 기간 안에 원고를 넘겨줘야 한다. 물론 '출판사는 원고를 넘겨받고 6개월 안에 책으로 출판해야 한다'는 조항이 그 다음에 나온다. 하지만 여러 가지 사정으로 출판이 지연될 수 있다. 예를 들어, 넘겨준 원고를 여러 차례 손을 봐야 하거나 디자인이 원하는 대로 나오지 않을 경우가 대표적이다. 아울러 예전처럼은 아니지만 계절적인 요인도 있다. 괴담이 주제인데 계약 기간을 지킨다고 겨울에 낼 수는 없는 노릇이니까 말이다.

아울러 계약서에는 작가가 쓴 글이 표절이나 기타 법적인 문제에 휘말려서 출판사에 손해를 끼칠 경우 피해보상을 해야 한다는 항목이 있다. 이 부분을 기분 나빠하는 작가가 있지만 종종 표절이나 다른 문제로 작가의 책이 판매중지될 경우 출판사는 직접적인 타격을 입기 때문에 필요한 항목이다. 또, 작가는 출판사의 수정 요구에 성실하게 임해야 한다는 부분도 들어 있다.

앞서 설명했듯이 출판사의 수정 요청은 적극적으로 받아들여야 한다. 물론 내가 쓴 글을 타인이 손댄다는 사실이 기분 나쁠 수 있다. 하지만 글은 내가 쓰지만, 만드는 건 편집자고 읽는 건 독자의 몫이다. 그 과정에서 수정이라는 분야가 필요 없다면 편집자라는 직업은 진즉에 사라졌을 것이다. 작가가 시키는 대로 다 하겠다고 말해도 대부분의 편집자는 최대한 조심스럽게 얘기한다. 하지만 수정에 관한 부분은 편하게 의견을 주고받아야 한다. 개인적으로 한국인에게 가장 부족한 게 바로 '소통'이라고 생각한다. 어릴 때부터 주입식 교육을 받으며 상하관계가 명확한 생활을 해왔기 때문이다. 아울러 패배가 용납되지 않는 사회를 살아가는 상황에서 상대방의 이야기를 들어주는 소통은 자칫 패배로 이어진다는 두려움이 큰 요인이라고 추측한다. 하지만 좋은 글을 쓰고 제대로 된 계약서를 쓰는 데는 편집자와 마케터를 비롯한 출판사 직원들과의 적극적인 소통이 필요하다. 어느 업계에서도 이렇게 헌신적으로 나를 도와줄 스탭을 찾기는 정말 쉽지 않다. 그러니까 마음을 열고 그들과 대화해서 나의 문제점과 장점을 파악해 나가는 과정이 무엇보다 중요하다.

계약서를 볼 때 가장 신경 써서 봐야 할 부분이 바로 인세와 관련된 부분이다. 보통 앤솔로지를 제외한 인세는 대개 10퍼센트이며, 삽화가 들어가는 동화는 그림 작가와 글 작가가 10퍼센트의 인세를 일정하게 나누는 경우가 있다. 앤솔로지는 인원이 많기 때문에 인세가 더 적어진다.

작가가 계약서를 쓰면 출판사에서 바로 지급하는 계약금이 있다. 계약금 액수는 출판사마다 다르지만 대략 백만 원을 기준으로 하고 있으며, 앤솔로지는 그보다 적다. 계약금이라고 해서 계약금 따로 인세 따로가 아니다. 계약금은 선인세라는 개념이다. 즉, 내가 받을 인세를 미리 받는다고 생각하면 된다. 그러니 계약금이 많다고 꼭 좋은 것만은 아니다.

인세는 각 쇄를 찍을 때 지급된다. 1쇄는 계약서를 작성한 직후 계약금이라는 이름으로 선인세가 지급되고, 책이 나온 후에 나머지가 지급된다. 계약서에는 보통 이 부분이 언급돼 있다. 사실 책을 내는 이유 중 하나가 돈을 버는 것이기 때문에 정확하게 얼마를 받는지 알아야 한다. 1쇄는 계약을 파기하지 않는 한 출판사에서 무조건 찍어야 하지만 2쇄부터는 판매량에 따라 인쇄 여부가 결정된다. 따라서 2쇄부터 출판사마다 지급 기준이 다르다. 출판 경기가 예전 같지 않은 요즘에는 2쇄에 대한 인세를 3쇄를 찍을 때 지급한다든지, 아예 분기나 반년에 한 번씩 판매 부수에 맞춰 지급하는 방식을 많이 쓰고 있다. 2쇄 인세를 왜 3쇄를 찍을 때 받아야 하는지 이해할 수 없다는 의견도 있다. 이

건 출판 유통 시스템 때문에 벌어진 일인데 출판사마다 상황이 다르고 기준도 가지각색이기 때문에 어떤 게 정답이라고 말할 수는 없다. 알아서 판단하고 결정하도록 하자. 물론 해당 내용은 출판사가 제시한 계약서에 자세하게 나와 있고, 설명을 요청하면 친절하게 해준다.

그 밖에는 증정본에 관한 내용이 있다. 보통 책이 나오면 출판사는 작가에게 관례상 책을 증정한다. 보통 20부 정도인데 10부를 주는 곳도 있다. 작가는 이 책을 주변에 선물하거나 보관한다. 몇 부를 증정하는지 계약서에 나와 있으니 한번 살펴보도록 하자. 그리고 작가가 원할 경우 출판사에서는 할인된 금액으로 판매하기도 한다. 증정본이 다 떨어지면 이런 식으로 구매하는 경우가 종종 있다. 대략 정가의 60~70퍼센트 금액으로 판매하고 있으며, 역시 계약서에 정확한 비율이 나와 있다. 하지만 증정본 외에 추가로 책이 필요하다면 가급적 서점을 이용하는 쪽을 권한다. 왜냐하면 작가가 종종 서점에 나가서 자기 책이 어디 진열되어 있는지 보는 것도 중요하기 때문이다. 일단 서가라고 불리는 책꽂이 부분보다 평대라고 부르는, 책이 눕혀진 곳에 있는 게 눈에 띈다. 하지만 최근에는 평대에 있는 책들은 광고료를 받고 진행한 것인 경우가 많다. 그리고 서점마다 진열 방식이나 배치 형태가 다르기 때문에 어디에 어떻게 진열되는지, 그리고 비슷한 책들이 어떤 게 있는지 살펴봐야 한다. 출판계는 굉장히 심플하지만 어떤 측면에서 더없이 복잡하다. 십 년 넘게 출판계에서 지낸 나조차 잘 이해가 안 가는 시스템이 존재한다. 예를 들어 서점에서 책을 매입하지 않고 위탁 판매를 하면서 거래와 수금 방식이 굉장히 복잡해졌다. 그래서 이 책을 쓰는 시점까지 정확하게 내 책이 몇 권이 팔렸는지 알 수 없는 상황이다. 단지, 어디에 몇 권이 가 있고, 몇 권이 도매상으로 갔다가 서점으로 갔는지 아는 정도가 전부다. 게다가 다른 곳에서는 안 쓰는 어음이 통용된다. 이런 상황이라 정확한 매출을 알거나 예측하는 게 불가능하다. 이런 출판계의 관행과 시스템을 작가가 세세히 알아야 할 필요는 없다. 하지만 적어도 어떻게 돌아가는지 대략은 알아야 자신의 책이 어떻게 독자의 손까지 가게 되고, 자신에게 어느 정도의 수익이 들어오는지 예상할 수 있다.

합의와 협의

계약서 문구 중에서도 신경 써서 들여다봐야 할 것들이 또 몇 개 있다. 계약서의 조건 중에 크게 걸리는 부분이 없다면 이제 계약서의 문구들을 꼼꼼하게 살펴보도록 하자. 이럴 필요가 있느냐고 말을 한다면 이번 장의 제목 같은 사례가 있기 때문이다.

합의와 협의는 글씨수도 똑같고 느낌도 비슷하다. 하지만 사전적인 의미는 약간 차이가 난다.

합의: 서로의 의견이 일치함. 또는 그 의견을 지칭함.

협의: 여러 사람이 서로 모여서 의논함.

합의는 어떤 의견에 대해서 이해 관계자끼리 일치된 결론을 내리는 것을 의미한다. 협의는 단순히 의논하는 것만을 이야기한다. 사실 글을 써서 먹고 사는 작가들도 이 차이를 잘 모른다. 하지만 만약 계약서를 가지고 다툼이 벌어진다면 합의와 협의는 정말 큰 차이를 드러낸다. 물론 출판사도 거기까지 생각하고 쓰는 것은 아닐 것이고, 거듭 얘기하지만 계약서를 쓴 상대와 법적 다툼이 생긴다는 것 자체가 이미 문제가 발생한 셈이다. 그래도 나중에 후회하지 않으려면 미리 계약서를 꼼꼼하게 살펴보는 게 좋다.

비슷한 것으로 통보와 서면 동의가 있다. 통보는 글자 그대로 한쪽이 다른 한쪽에서 여러 가지 방식으로 자신이 내린 결정을 알려주는 것이다. 서면 동의는 종이에 기재된 문구를 통해 작가에게 알려주고, 동의를 구해야 한다는 것이다. 합의와 협의만큼은 아니지만 사람들이 은근히 놓치는 부분이다. 당연히 작가 입장에서는 통보보다는 서면 동의가 자신의 권리를 지키는 데 도움이 된다. 하지만 내가 일한 출판사 중에 계약서에 기재되어 있지 않다고 중요한 변화를 알려주지 않고 진행한 출판사는 없었다. 이런 문제가 발생하지 않게 막을 수 있는 방법은 결국 계약서의 문구를 고치는 것이 아니라 작가와 출판사가 서로에게 꼭 필요하다는 사실을 인지하는 것이다. 마지막으로 다음에 얘기하는 부분들은 내가 그 동안 계약서를 쓰면서 만든 기준들이다. 다음 기준에 맞지 않는다면 계약서 수정을 요청하거나 서명하기 전에 신중을 기해야 한다.

1. 인세가 10퍼센트가 아니다?

많은 사람들이 출판 계약서 보는 걸 어려워한다. 정확한 금액이 나와 있지 않기 때문이다. 그런데 어쩔 수 없는 게 모든 것의 기준이 되는 책값이 계약서를 쓰는 시점에 확정이 되지 않았기 때문이다. 그래도 계약서를 통해 내가 쓴 글로 얼마를 벌 수 있는지는 정확하게 알 수 없지만 기준점은 있다. 일단 그림이 들어가는 동화를 제외하고 청소년과 성인 소설의 인세는 10퍼센트다. 김훈이나 정유정 작가 그리고 나도 10퍼센트고 당신이 첫 책을 쓸 때도 10퍼센트다. 간혹 신인 작가라는 이유로 10퍼센트 이하를 제시하는 경우도 있지만 최대한 양보해도 7~8퍼센트가 마지노선이다. 그 이하라면 진짜 계약을 재고해야 한다. 먼저 작가의 수익인 인세는 다음 방식으로 계산된다.

책값 × 인세 10퍼센트 × 1쇄 인쇄 부수 = 1쇄 전체 인세

이렇게 얘기하면 다들 눈만 껌뻑거릴 거다. 나도 처음에는 이해가 안 갔으니까. 그래서 좀 더 쉽게 바꿔봤다.

1만2000원(책값) × 10%(인세 10퍼센트) × 2000부(1쇄 인쇄 부수)
= 240만 원(1쇄 전체 인세)

물론 여기에 3.3퍼센트의 세금이 부과된다. 보통은 계약서를 쓰고 일정 기간 후에 선인세 겸 계약금으로 100만~200만 원을 지급하고 나서 1쇄가 나온 이후 남은 금액을 지불하는 방식이 보편적이다. 계약서를 쓸 시점에는 책값이나 1쇄를 얼마나 찍을지 결정이 되지 않았기 때문에 정확한 금액을 표시하지 못한다. 일단 책값에 많은 영향을 미치는 종이 값이 계속 오르고 있어서 책값이 상승 중이고, 1쇄 인쇄 부수가 계속 줄고 있기 때문이다. 1쇄는 초쇄라고도 부르는데 책을 첫 번째로 인쇄할 때 붙이는 명칭이다. 초쇄가 다 판매되면 다음 쇄를 찍는데 그때부터는 2쇄나 3쇄 같은 숫자가 붙는다.

사실 출판사가 가장 골머리를 앓는 비용이 바로 창고와 관련된 비용인데 이게 재고와 큰 관계가 있다. 큰 출판사를 제외하고 대부분의 출판사는 자체 물류창고를 보유하고 있지 않고 대행업체에 위탁을 한다. 인쇄소에서 책이 나오면 출판사로 일부 가지만 대부분은 이런 위탁 대행업체로 가게 되는데 당연히 보관료가 발생한다. 회사를 운영하는 입장에서 가장 난감한 게 보관료 같은 고정비용이다. 따라서 가급적 줄이려고 많은 노력을 기울이게 되는데 도서정가제 이전에 종종 싼값에 책이 판매되는 이유 중 하나였다. 한 해에 쏟아져 나오는 수만 종의 책 중에서 1쇄가 소비되는 건 절반도 채 안 되는 걸로 알고 있다. 상당수의 책이 1쇄가 다 나가지 않는데 그 책들은 물류 대행 업체의 창고에서 하염없이 세월을 보낸다. 보관료를 집어삼키면서 말이다. 신인 작가의 책이 그렇게 될 확률이 아주 높다. 이런 이유를 들어 신인 작가의 인세 비율을 낮추려고 하는 출판사가 종종 있다. 출판사 입장은 이해하지만 리스크는 공동으로 짊어져야 한다는 게 내 생각이다. 물론 10퍼센트의 인세가 만고불변의 원칙은 아니기 때문에 얼마든지 조정이 가능하다. 하지만 신인이라는 이유만으로 비율을 낮추는 건 불합리한 일이라고 할 수 있다. 따라서 출판사가 신인 작가라는 이유로 10퍼센트 이하의 인세 비율을 제시한다면 심사숙고해야 한다. 책 한 권을 쓰는 데 보통 석 달에서 여섯 달이 소요되고 그 이상 가는 경우도 많다. 거기다 출판사의 수정 요구가 많으면 그 기간도 만만치 않다. 몇 달, 혹은 1년 가까운 시간을 쓰고 너무 적은 금액을 받는다면 작가에게는 후폭풍이 몰아치게 된다.

물론, 책을 내는 게 가장 큰 목표라며 인세가 얼마든 상관없다는 자세를 보이는 작가도 많다. 사실 나도 랜덤하우스중앙과 맺은 첫 번째 계약서는 내용도 잘 보지 않고 서명했다. 하지만 이렇게 계약했다가는 자칫 작가로서 살아가는 데 큰 걸림돌이 된다. 몇 달 혹은 몇 년간 쏟은 열정에 대한 정당한 보상을 받지 못했다는 생각이 드는 순간, 슬럼프가 찾아오기 때문이다. 내가 일한 대부분의 출판사는 10퍼센트 지급이라는 선을 철저하게 지켜줬고, 그렇기 때문에 오랫동안 서로 신뢰를 쌓아가면서 일할 수 있었다. 따라서 별다른 이유 없이 10퍼센트 이하의 인세를 제시하는 경우는 일단 심사숙고하기를 권한다.

가끔, 책을 만드는 데 결정적인 역할은 자신이 다 하는데 받는 돈은 너무 적다고 생각하는 작가가 있다. 하지만 책을 만드는 데는 생각보다 많은 비용이 든다. 일단 종이 값과 디자인 비용, 제작비가 들어가고, 책을 보내는 데 들어가는 운송비와 보관료인 창고비도 지속적으로 들어간다. 거기다 가장 큰 문제는 출판사에서 서점으로 책을 판매하는 게 아니라는 점이다. 서점에 나간 책이 판매되어야만 수익이 발생하는 구조라서 초기 투자비용을 회수하는 데까지 생각보다 오랜 시간이 걸린다. 따라서 내가 글을 썼으니까 가장 많이 받아야 하는 것 아니냐는 식의 생각은 버리는 게 좋다. 돈을 많이 벌고 싶으면 잘 써서 많이 팔면 된다. 간단하다.

마지막으로 간혹 인세가 아니라 매절 계약을 제한하는 경우가 있다. 매절은 인세같이 일정 비율로 금액을 계산해서 지급하는 방식이 아니라 원고지 매수당 얼마씩 금액을 책정하는 방식이다. 주로 칼럼이나 연재 원고에 많이 쓰는 방식이고, 출판에서는 자서전 대필 같은 일반적이지 않은 경우에 사용된다. 나도 그동안 매절 계약으로 책을 낸 적은 없다. 따라서 매절 계약을 제안받았다면 신중하게 생각해봐야 한다.

2. 선인세가 적다?

보통 계약서를 쓰고 출판사가 작가에게 주는 금액을 계약금 내지 선인세라고 부른다. 먼저 지급하는 인세라는 뜻이고, 계약서를 작성한 후에 지급하기 때문에 계약금이라고도 한다. 명칭이야 어떻든 보통 출판사들은 계약서를 작성한 후에 다음 날 내지는 한 달 안에 선인세(계약금)를 지급한다. 이때 금액은 출판사마다 다르지만 대략 100만 원에서 200만 원 정도다. 물론 유명 작가라면 0이 한 개 정도 더 붙고, 그 상태에서 앞의 숫자가 달라진다. 내 개인적인 기준은 100만 원인데 간혹 이 선인세를 적게 지급하려는 경우가 있다. 물론 출판사 입장에서는 먼저 들어가는 비용이라 어떻게든 줄이고 싶기 때문에 이런 얘기를 하는 것이다. 하지만 대부분 최소한 100만 원이라는 선은 유지하고 있다.

이 부분은 얼마든지 협의가 가능하지만 인세 비율이 10퍼센트 미만인데 선인세까지 적게 주려 한다면 계약을 심각하게 재고해야 한다. 잔인한 얘기지만 출판사는 투자한 비용이 많으면 많을수록 팔기 위해 다각도의 노력을 기울인다. 유명 작가의 책들이 계속 광고에 노출되는 이유는 유명하기도 하지만 계약하는 데 많은 비용을 들였기 때문에 홍보를 더 많이 하는 것이다. 인세와 선인세가 일반적인 기준에 못 미친다는 건 안 좋게 얘기하면 출판사가 크게 기대를 하지 않고, 위험 부담을 안고 가지 않겠다는 걸 의미한다. 이럴 때는 어떡해야 할까? 일단 출판사와 얘기를 나눠봐야 한다. 어떤 사정이 있는 건지, 혹은 나에게만 이런 조건이 적용되는 것인지를 파악해야 한다. 만약 내가 신인 작가라서 그랬다는 대답이 돌아온다면 공평한 조건을 적용해 달라고 요구해야 한다.

3. 초쇄 부수가 적다?

책을 만들려면 인쇄소에서 인쇄를 해야 한다. 이때 한 번에 몇 부를 찍을지 결정한다. 출판 경기가 한창 좋았을 때는 3000~4000부를 찍었지만 최근에는 마지노선이라는 2000부가 무너졌다. 하지만 최소한 1000부 이상은 찍는 것이 보통이다. 그 정도는 팔아야 책을 제작하는 데 들어가는 각종 인건비와 제작비를 뽑을 수 있기 때문이다. 출판사마다 사정에 맞춰 초쇄 부수 기준을 가지고 있지만 역시 1000부 이상이 대부분이다.

출판사가 이런 상황에서 초쇄 부수를 1000부 이하로 잡는다면 두 가지 이유가 있는데 하나는 판매에 자신감이 없다는 것이고, 또 하나는 작가에게 인세를 적게 지급하기 위해서다. 위의 1번 계산법에서 1쇄 인쇄부수를 2000부 대신 1000부로 떨어뜨리면 작가가 받을 금액은 절반으로 떨어진다. 계약금으로 100만 원 받고 책 나오고 나서 20만 원을 더 받으면 끝나는 수준이다.

예전에 아는 작가가 하소연을 한 적이 있었다. 책을 냈는데 출판사가 선인세로 100만 원만 주고 나머지 인세를 주지 않는다는 것이었다. 출판사는 나름 이름이 있는 곳이라 의아하게 생각했다. 이유는 곧 밝혀졌다. 하소연을 한 작가가 신인이라는 이유로 10퍼센트가 아닌 그 이하의 비율로 인세 계약을 맺었고, 1쇄의 출판 부수가 1000부 미만이었다. 계산을 해보니 오히려 작가가 출판사에 돈을 돌려줘야 할 지경이었다. 나머지 계약 조건도 확인해보니 형편없었다. 어쩌면 계약서라는 주제로 책을 쓰기로 결심한 것이 이때였을지도 모르겠다. 무엇보다 알 만한 출판사가 신인 작가라는 이유로 이런 짓을 저질렀다는 사실에 크게 실망했다. 그래서 이후에 그 출판사와 일할 기회가 왔을 때 냉정하게 거절했다. 출판사는 기업이기 때문에 절대 손해를 보려고 하지 않는다. 따라서 계약서에 이런 저런 방법으로 자신이 손해 보지 않을 장치들을 만들어둔다. 거듭 얘기하지만 이건 잘못되었거나 나쁜 짓은 아니다. 합법적인 선에서 자신의 이익을 지키는 것뿐이다. 따라서 이런 조건을 제시받는다고 기분 나빠할 이유는 없다. 정중하게 거절하면 그만이다. 비즈니스는 냉철하게 판단해야 하기 때문이다. 그런 조건을 왜 받아들일 수 없고, 내 입장에서 왜 부당한지를 설명해야 한다.

대부분의 계약서에 초쇄 인쇄 부수가 기재되지 않는다. 원고가 나오지 않은 상태이기 때문에 어쩌면 당연한 일일지도 모르겠다. 그러니까 지나가는 말이라도 얼마나 찍는지를 물어보는 게 좋다. 더 좋은 건 출판사가 제시한 계약서에 부수가 기재돼 있는 것이지만 최근 추세는 기재하지 않는 쪽이다. 일단 초쇄 부수를 얼마나 찍는지는 출판사에게 결정권이 있다고 봐야 한다. 다만 지나치게 적은 부수를 찍는다고 한다면 작가에게 경제적인 타격이 올 수 있으므로 충분히 얘기를 나누면서 자신의 의사를 전달해야 한다.

4. 인세 보고를 하지 않는다?

옛날에는 작가의 도장이 찍힌 인지를 책의 제일 마지막 페이지에 붙였다. 내가 가지고 있는 책 중에서 가장 오래된 책인, 1975년에 발행된 《역사소설입문》에도 도장이 찍히지는 않았지만 인지가 붙어 있다. 하지만 최근에는 인지를 붙이지 않고 인세 보고로 대신한다. 간단하게 얘기해서 내가 쓴 책이 얼마나 팔렸으며, 재고가 얼마나 남았는지를 확인하는 것이다. 이게 확인이 돼야 1쇄 이후의 재쇄에 대한 인세를 받을 수 있다. 대부분의 출판사는 분기별 혹은 6개월, 아무리 길어도 1년에 한 번씩은 작가에게 인세 보고를 한다. 물론 검증할 수 있는 방법이 없어서 판매량을 가지고 작가와 출판사가 종종 분쟁을 벌이기는 하지만 대체로 속이는 일은 없다. 속이려 해도 꽤 귀찮은 일인데다가 잘못해서 인세 떼어먹는 출판사로 낙인이 찍히면 정말 큰 손해를 보기 때문이다.

다만 출판계의 복잡한 유통 방식 때문에 얼마나 팔렸는지 정확하게 집계하기 어려운 것이 현실이다. 일단 출판사에서 서점으로 보내는 것은 엄밀하게 얘기하면 팔린 것이 아니다. 서점은 주문을 하고 일정 기간 팔아본 후에 남는 책들을 반품한다. 게다가 서점에서 손님들이 이리저리 살펴보다가 파손된 책도 반품한다.

그리고 출판사에서 서점으로 바로 가지 않고 도매상을 거치는 경우가 많다. 이 도매상에서 지방 서점으로 책을 보내는데 이 단계도 역시 판매는 아니다. 나중에 반품이 들어오기 때문이다. 따라서 도매상과 서점에 깔린 책은 출판사 입장에서는 판매된 것이 아니라 판매를 위탁한 것이다. 반품이 얼마나 들어올지, 언제 들어올지 모르는 상황이라 당연히 매출로는 잡지 못한다. 그래서 인세 보고서에는 발행이나 출고 부수 뒤에 반드시 반품 부수가 적혀 있다. 대개 인세는 발행이나 출고 부수에서 반품이나 폐기를 제외하고 지급된다. 이렇게 얘기하면 굉장히 복잡해보이지만 최근에는 PDF나 엑셀파일로 잘 볼 수 있게 정리해서 주기 때문에 몇 번 보면 익숙해진다. 물론 재쇄를 찍으면 먼저 전화나 이메일로 통보해준다. 작가에게 계약하자는 말 다음으로 기쁜 말이 바로 재쇄를 찍는다는 연락이다.

출판사가 인세 보고를 하지 않으면 작가는 책이 얼마나 팔렸는지 알 수 없다. 그 얘기는 작가 모르게 팔려나가는 책이 있을 수 있다는 의심으로 이어진다. 물론 그런 식으로 작가 몰래 책을 팔다가 들키면 법적인 처벌을 받는 것은 둘째 치고, 출판계에 다시는 발을 들여놓기 어렵게 된다. 그래서 대부분의 출판사는 성심성의껏 인세보고를 하는 편이다. 간혹 주변 사람들 얘기만 듣고 출판사가 판매량을 속였다고 의심하는 작가가 있다. 이러면 재판까지 가는 수밖에 없는데 출판사가 판매량을 속였다는 걸 작가가 입증해야 한다는 장벽에 부딪친다. 진짜로 명백한 증거가 있다면 모르겠지만 적어도 주변에서 많이 팔린 것 같다는 얘기를 듣는 걸로 의심을 시작해서는 안 된다. 특히 내 친구가 한 권씩만 사도 베스트셀러가 되는데 출판사가 속이는 것 같다는 생각은 버리는 게 좋다. 술 사주는 친구는 많아도 책 사주는 친구는 드무니까 말이다.

5. 2차 저작권 비율이 이상하면?

예전에는 요식행위에 가까웠지만 최근 중요성이 부각되고 있는 것이 바로 2차 저작권 부분이다. 2차 저작권은 작가가 쓴 책을 토대로 전자책이나 영화, 드라마를 만들 수 있는 권리를 뜻한다.

전자책은 종이책처럼 인세 비율이 정해져 있기 때문에

그걸 보면 된다. 대개 종이책보다 작가에게 더 많은 비율이 돌아가게 되어 있다. 전자책은 물류비나 창고비 같은 비용들이 들지 않고, 이미 완성된 종이책을 토대로 만들기 때문에 추가 제작 비용이 비교적 적게 들어가기 때문이다. 다만, 전자책은 출판사가 직접 만들지 못하고 외주를 주는 경우가 많아 이런 저런 비용이 추가된다. 작가에게 주는 인세는 많게는 50퍼센트부터 10퍼센트를 조금 넘는 경우까지 있다. 사실 웹소설이 아니라면 아직 종이책에 비해 전자책의 판매 비중이 낮기 때문에 큰 수익은 기대하기 어렵다. 거기다 딱히 정확한 기준점이 없어서 대충 넘어가지만 일단 인세 비중 정도는 체크하고 넘어가야 한다.

영화나 드라마, 통상 영상화 판권이라고 부르는 분야는 출판사와 작가가 수익을 몇 대 몇으로 나누는지 결정한다. 계약서 마지막에 별첨 같은 형식으로 들어가는 경우가 많은데 최근에서야 부각된 문제라서 출판사가 나중에 계약서에 추가한 케이스일 것이다. 2차 저작권은 당장 발생하지 않은 수익이라 대부분 계약서를 검토할 때 잘 안 보고 넘어간다. 거기다 몇 대 몇으로 하는 게 좋은지 명확한 기준이 없기도 하다. 그저 나에게 많은 쪽이 좋다는 막연함만 있다. 나는 대략 작가 7, 출판사 3이 기준이 되어야 한다고 생각한다. 물론 8대2나 9대1이 더 좋긴 하지만 계약이라는 것은 서로 조금씩 양보하는 것이 맞기 때문이다. 잘 발생하지는 않지만 영상화 판권 계약이 체결되면 책 판매 인세보다 0이 하나 더 붙은 금액을 받을 수 있기 때문에 제대로 계약해놓지 않았다가 땅을 치고 후회할 수 있다. 뒤늦게 바꿔달라고 목소리를 높이고 싶지 않으면 미리 미리 얘기를 나누는 게 좋다. 개인적으로는 5대5까지는 괜찮다고 보지만 출판사가 그 이상의 비율을 요구한다면 생각해봐야 한다. 거듭 얘기하지만 계약이라는 것은 내가 손해를 조금이라도 덜 보는 쪽으로 작성하려 하는 것이다. 하지만 업계의 관행이나 룰이라는 것이 존재하는 이상, 그것 이상으로 뭔가를 요구하는 쪽은 일단 의심이 눈초리로 봐야 한다.

간혹, 이야기를 만든 것은 본인인데 왜 출판사와 판권 수익을 나눠야 하는지 의문을 가지는 작가도 있다. 그래서 최근에는 출판사와 계약할 때 영상화 판권은 넘겨주지 않거나 자기가 따로 관리하는 경우도 종종 있다. 물론 자신의 판권은 스스로 관리하는 게 맞다. 아울러 자신의 권리를 지키는 데 옳고 그른 것은 없다. 다만 상황에 따른 차이와 각자의 생각 차이만 있을 뿐이다. 어떤 방식으로 저작권을 관리할지는 작가 개인의 판단에 맡기는 게 정답이다. 나는 책을 통해 영상화 판권 계약이 이루어진다면 출판사와 나누는 게 맞다고 보고 있다. 책을 내는 과정에 출판사의 공로가 당연히 들어 있기 때문이다. 책이 나오지 않았다면 판권이 판매될 일이 없다는 현실을 감안하면 더더욱 그러하다. 아울러, 분쟁이 발생한다면 개인과 회사는 대응할 수 있는 방식에서 현실적으로 차이가 난다. 특히 법적 분쟁에 상대적으로 익숙한 영상업체와 분쟁이 발생할 때 출판사는 큰 도움이 되어줄 수 있다. 물론, 판단은 각자의 몫이다.

이렇게, 앞의 다섯 가지 사항 중에 두 가지 이상이 이상하면 계약서에 서명하기 전에 신중을 기해야 한다. 세 가지 이상 문제가 있다면 아쉽지만 계약은 포기하거나 혹은 변경을 요청해야 한다. 마음은 이해하지만 손해를 볼 수는 없는 일이고, 이런 엉터리 계약을 제시하는 쪽이 정상적인 출판사일 리는 없기 때문이다. 배부른 소리 하지 말라고 하면 어쩔 수 없지만 이런 곳과 엮이면 여러모로 피곤하다. 사양 산업이라는 출판 산업에 아직도 종사하는 사람들은 기본적으로 책에 대한 사랑과 이해를 가지고 있다. 그래서 작가건, 편집자건, 마케터건, 모두 열심히 일하면서 책에 대한 애정을 유지한다. 이런 상황에서도 돈을 벌려고 애쓰는 건 당연하지만 꼼수를 부리는 사람은 당연히 배척의 대상이자 가까이해서는 안 되는 요주의 대상이다. 그리고 한 가지 더, 직접 만나서 계약서를 작성하는 과정은 제일 마지막이어야 한다. 계약서 쓰러 오라는 전화를 받으면 기뻐서 대뜸 날짜와 시간을 정하는 경우가 많은데 부디 진정하고 다음 이 얘기를 해야 한다고 힘주어 말하고 싶다.

"계약서 샘플(초안)을 먼저 보내주시면 검토하고 말씀드릴게요."

출판사가 계약서를 제시하는 건 큰 은혜를 베푸는 게 아니라 여러 가지 상황을 고려한 결정이다. 따라서 고맙게 생각하고 최선을 다해야 하지만, 그것이 지나쳐서 마치 갑, 을 관계처럼 되어버리면 안 된다. 작가와 출판사가 공존하면서 여러 장의 계약서를 쓰려면 서로를 배려하면서 챙겨주는 관계가 되어야 한다. 어느 한쪽이 지나치게 이익을 보려 한다면, 다른 한쪽이 발을 빼는 건 당연하다. 따라서 계약서는 자세히 확인해서 나의 권리를 지켜야 한다.

하지만 막상 이렇게 얘기해도 인쇄된 계약서가 눈앞에 있고 그 너머에 출판사 관계자가 나를 바라보고 있으면 뭔가 얘기하기 굉장히 곤란해진다. 그러니까 미리 계약서 샘플을 받아보고 검토 후에 계약서를 쓰러 나가기를 권장한다.

여러 가지 기타 질문들

번외 1) 계약서를 꼼꼼히 봐야 하나요? 아니면 대충 봐도 되나요?

사실, 개인적으로 앞에서 말한 몇 가지 조항에 문제가 없으면 계약서 조항이나 문구를 크게 따지지는 않는다. 반면, 다음에 얘기하겠지만 계약서의 문구 하나하나 신경 써서 보는 작가도 있다. 정상적이라면 당연히 후자가 맞다. 그리고 내 권리는 내가 지켜야 하고, 계약서를 잘못 쓰면 작가가 고생하기 때문에 자세히 보는 쪽이 이 책의 주제와도 맞는다. 다만, 한 가지 확실하게 얘기해주고 싶은 것은 계약서 자체를 너무 믿지 말라는 것이다. 계약서의 문구와 조항이 나에게 유리하게 되어 있다고 해도 상대방이 작정하고 어기려고 한다면 그걸 막을 방법이 없다. 물론 소송이라는 제도가 있긴 하지만 법은 작가들에게는 너무 난해하고 복잡하고 어려운 차원 너머의 일이다. 민사소송은 시간이 굉장히 오래 소요되는 일이라 당사자의 피를 바짝바짝 말린다. 집필에 막대한 방해가 되는 것은 말할 나위가 없다. 작가와 출판사 간에 벌어지는 대부분의 분쟁은 사실 계약서 조항을 두고 다투는 게 아니다. 어느 한쪽이 상대방의 권리를 인정해주지 않거나 혹은 자신의 욕심을 채우려고, 혹은 진짜로 돈이 없어서 계약서를 무시하면서 벌어지는 일이다. 중국에는 "정부가 정책을 내놓으면 우리는 대책을 내놓는다"라는 말이 있다. 글자로 구성된 조항은 돈을 벌겠다는 인간의 창의적인 욕심을 효과적으로 제어하지 못한다. 그래서 나는 항상 말한다.

"계약서 자체를 믿지 말고 계약서를 둘러싼 상황을 믿어야 한다."

거듭 얘기하지만 계약서는 양쪽의 거래가 성립되었다는 것을 증명하는 서류다. 양측의 분쟁이 생겼을 때 판단의 기준이 되는 중요한 문서다. 하지만 그 문서의 문구를 두고 상대방과 다툼을 벌인다는 것은 이미 계약에 실패했다는 걸 의미한다. 그러니까 계약서를 꼼꼼하게 살피기 전에 계약서를 내민 상대방을 더 자세하게 살펴봐야 한다. 어떻게 살펴봐야 하는지는 안타깝게도 정답이 없다. 일단 좀 오래된 출판사가 안정적이다. 그만큼 문제가 없었다는 뜻이니까. 신생 출판사라고 해도 대표나 책임 편집자가 경력이 오래된 경우가 있다. 이런 경우는 믿어도 된다. 가장 문제가 되는 출판사는 계약과 관련한 이런 저런 잡음이 들리는 곳이다. 물론 오해나 부풀려지는 경우가 없진 않지만 출판계에서 공공연하게 그런 얘기가 나돌 정도라면 피하는 게 좋다. 문제를 일으키는 곳도 드물지만 문제를 한 번만 일으키는 곳도 드물기 때문이다. 이런 경우 해당 출판사에서 책을 낸 작가에게 물어보는 것이 가장 확실하게 파악하는 방법이다. 다만, 너무 이곳저곳에 물어보면 오히려 어떤 작가가 출판사에 대해 묻고 다닌다는 얘기가 거꾸로 출판사 쪽으로 들어갈 수 있으니 주의해야 한다.

번외 2) 키워줄게 or 매장시켜 버린다

영화나 드라마에서 악당들이 선량한 주인공에게 종종 외치는 대사다. "내가 널 키워줄게"와 "너 이 바닥에서 발도 못 붙이게 매장시켜 버린다"다. 사실 계약서를 꼼꼼하게 살펴보거나 바꿔달라고 하지 못하는 결정적인 이유 중 하나다. 아니, 이것 때문이라는 거 잘 안다. 혹시 내가 비위를 거슬러서 발목이 잡히면 어쩌나 하는 두려움 말이다. 결론부터 얘기하자면 그런 거 없으니까 안심하고 계약서를 꼼꼼하게 살펴봐도 된다. 출판계는 누가 누구를 키워주고 매장시킬 수 있는 곳이 아니다.

예를 들어 이름만 대면 누구나 아는 A라는 작가가 당신을 키워주겠다고 선언한다. 그리고 출판사마다 다니면서 당신을 제자라고 소개하면서 은근슬쩍 책을 내달라고 청탁한다. 물론 A라는 작가를 노리는 출판사라면 귀가 솔깃해서 당신 책을 내준다고 할지 모르겠다. 하지만 그럴 가능성은 없다. 일단 A가 당신을 그렇게 헌신적으로 키워줄 이유가 없다. 만나보면 알겠지만 대부분의 작가들은 자기 일 외에 세상이나 주변 일에 관심이 없다. 거기다 출판사에 내가 아니라 다른 누군가의 책을 내달라고 애기하는 건 상당히

부담스러운 일이다. 거절당하면 민망하고, 받아들여지면 일종의 '빚'이 되기 때문이다. 글 빚에 진저리치는 주변 작가들을 떠올려 보니 누구 하나 키운답시고 사방에 빚을 질 작가는 없을 것 같다. 물론 글을 잘 쓰는 제자나 동료라면 적극적으로 소개해줄지 모르겠지만 그건 참고 사항일 뿐 결정적인 이유가 되지 못한다. 책을 내는 돈은 온전히 출판사의 주머니에서 나오기 때문이다. 물론 나를 포함해 몇 명의 작가들이 출판사와 작가 사이에 다리를 놔주거나 추천해주곤 한다. 하지만 글자 그대로 소개해주거나 추천한다는 뜻이지 책임을 진다는 뜻은 아니다. 여기서도 판단은 온전히 출판사의 몫이고, 결정권 역시 출판사가 가지고 있다. 따라서 누가 키워준다는 말은 성립되지 않는다. 물론 출판사가 키워준다고 나설 수 있겠지만 내가 아는 한 정상적인 출판사 관계자라면 작가에게 '키워'준다고 말하지 않는다. 그리고 출판사가 작정하고 푸시를 해주는 건 잘 쓰고 성공 가능성이 있기 때문이다. 키워준다는 말 속에는 실력과 경험이 부족하지만 도와주겠다는 의미가 들어 있다. 따라서 실력과 경험이 있어서 지원받는 건 내 실력대로 성장하는 것이지 누군가 키워주는 게 아니다.

다만, 이런 관계는 가능하다. 나는 습작 초창기에, 작가 인생 사상 처음으로 글쓰기를 포기하려고 한 적이 있었다. 초반이라 어리바리했고, 내가 잘 가던 사이트에 연재했는데 반응도 별로였기 때문이다. 앞으로 연재를 중단한다는 글을 올렸는데 얼마 후 내가 일하던 카페로 전화가 왔다. 난생처음 듣는 목소리의 주인공은 그 사이트에서 가장 잘나가는 작가 선생님이었다. 흥분한 목소리로 자기가 보기에 가능성이 있는데 왜 포기하느냐고 물었다. 솔직히 자신도 없고 반응도 없어서라고 했더니 그러지 말고 저녁 때 광화문 교보문고 앞에서 만나자고 했다. 일을 마치고 찾아가서 작가 선생님과 소주잔을 기울였다. 선생님은 가능성이 있으니까 포기하지 말고 열심히 쓰라는 말을 건넸다. 만약 그때 그 전화가 없었다면 나는 지금껏 글을 쓰고 있었을까? 고개를 저을 수밖에 없다. 그 다음에 만난 작가 선생님은 첫 책을 내고 헤매고 있던 나에게 길을 제시해줬다. 첫 책이 기대만큼 안 나가면서 – 솔직히 10만 부쯤 나갈 줄 알았다 – 두 번째 슬럼프에 빠져 있었는데 손을 내밀어줬다. 덕분에 단편집에 들어갈 글을 쓰고 작가들을 섭외하는 일을 하면서 작가의 길을 걷게 되었다. 이후에도 수많은 우여곡절이 있었지만 내가 스승님이라고 부르는 두 작가님의 도움이 아니었다면 시작도 못 해봤을 것이다. 두 스승님이 나에게 도움의 손길을 내민 것은 순전히 '호의'였다는 점이 더욱 고마웠다. 그런 식으로 다음 세대의 작가를 키우는 것이 작가들이 가지고 있는 일종의 사명감인 것 같았고, 나 역시 그 사명감을 이어받고 있다. 두 스승님이나 내가 사명감의 눈으로 바라보는 작가들은 실력이 있는 작가들이라서 주변의 도움이 아니라고 해도 결국 성공의 길을 걷게 될 것이라 믿어 의심치 않는다. 다만 앞선 경험자로서 약간의 도움과 힌트를 줘서 좀 더 빨리, 그리고 쉽게 길을 걷게 해주는 정도다. 이걸 가지고 키웠다고 말할 수 없다. 어차피 작가는 알아서 크는 존재이기 때문이다. 누군가에게 키움을 받고 싶다는 생각은 버리는 게 좋다. 실력이 있다면 알아서 도움의 손길을 뻗어줄 테니까 말이다.

두 번째, 내가 너를 이 바닥에 발도 못 붙이게 하겠다거나 매장시킨다는 얘기는 키워준다는 말보다 더 성사되기 어렵다. 매장시키는 가장 현실적인 방법은 출판계에 나쁜 소문을 퍼트리거나 혹은 나랑 일하고 싶으면 걔랑 일하지 말라는 식의 협박 비스무리 한 것을 해야 한다. 하지만 나는 누군가의 나쁜 소문을 들으면 한 귀로 듣고 한 귀로 흘린다. 내가 직접 겪어보지 않으면 다 쓸모없는 일이기 때문이다. 반대로 어떤 사람이 누군가를 지속적으로 비방한다면 관심을 가지고 지켜본다. 다들 자기 할 일에 바쁜 출판계에서 성심성의껏 타인을 비방한다면 다른 목적이 있다는 걸 잘 알기 때문이다.

오순도순하고 아웅다웅 지내는 출판계는 규모가 작기 때문에 교차 검증이 가능하다는 장점이 있다. 따라서 문제의 인물에 대한 안 좋은 얘기가 여기저기에서 지속적으로 들리고 교차 검증이 된다면 얘기가 달라진다. 전화 몇 통이면 누가 무슨 의도로 그런 얘기를 하는지 파악이 가능하다. 반면, 비방은 대부분 버릇이 없거나 남의 뒤통수를 잘 친다는 식의 애매모호한 얘기들이다. 그런 얘기가 먹힐 정도로 순진한 곳은 아니니까 염려 마시라. 다만 그런 사람과 엮였다는 부주의함은 기억할 수도 있겠다. 비방보다 안 좋은 방법은 출판사에 직접 연락해서 압박을 넣는 것이다. 하지만 이름을 대면 알 만한 작가도 그딴 짓을 했다가는 당장 망신을 당하고 만다. 이름을 대도 모르는 작가들은 출판사에서 무시해버린다. 나 역시 마찬가지다. 단, 당사자가 심각한 법적, 도덕적 문제를 일으키거나 표절 문제에 휩쓸리면 알아서 밀려난다는 점은 명심해야 한다. 몇 년 전에 출판계의 선배를 자처하면서 작가에게 저작권을 모두 자기에게 넘기는 계약서를 쓰라고 했던 사례가 있다. 말도 안 되는 얘기였지만 작가 지망생이라는 꼬리표를 떼고 싶던 이들에게는 거절하기 어려운 압박이었을 것이다. 그렇다고 해도 자기 권리는 자기가 지켜야 하고, 그 시작점이 계약서라는 점을 명심해야 한다.

번외 3) 합평과 글쓰기 모임이 도움이 될까요?

작가가 되겠다고 마음먹고 활동을 하면 자연스럽게 비슷한 사람들과 만나게 된다. 예를 들어 추리소설 지망생은 추리작가 동호회 혹은 같은 추리소설 지망생과 접촉하는 식이다. SNS로 접촉하다가 포털사이트의 카페나 혹은 단톡방으로 옮겨가는데 개인적으로 이런 모임은 적극적으로 참여하길 권한다. 글쓰기는 굉장히 외로운 일이기 때문에 주변에 누군가가 있어야만 한다. 그들에게 격려와 자극을 받으며 내가 어떤 길을 가는지 명확하게 알 수 있기 때문이다. 반면, 이게 지나치다 보면 본연인 글쓰기 대신 먹고 마시거나 다른 일에 더 열중하는 계기가 될 수 있다. 소설가 지망생 모임으로 시작했다가 게임이나 등산 쪽으로 취미가 옮겨가 버린 경우를 본 적이 있다. 따라서 적당한 수준을 유지하되 명백한 목표를 가지고 있어야 한다. 아울러 롤 모델이 될 수 있는 사람을 가까이서 지켜볼 수 있는 기회를 잡는 게 무엇보다 중요하다.

그리고 종종 합평을 하는 글쓰기 모임의 효용성에 대한 질문을 받는다. 거기에 대한 내 대답 역시 항상 비슷하다.

"본인 하기 나름입니다."

합평이나 글쓰기 모임이 규칙적으로 글을 쓰는 데 도움이 되었다는 작가도 있었고, 오히려 글을 쓰는 데 방해가 되었다는 이야기도 들었다. 따라서 이런 모임들이 나에게 도움이 되는지 안 되는지는 딱 잘라서 말하기 애매하다. 개개인마다 상황이나 능력치가 다를 테니 해법도 다른 것만은 확실하다. 사실 합평 모임에 가면 기가 빨려서 힘들다는 얘기를 많이 듣는다. 자기 작품에 대한 완벽한 자신감이 없는 상황에서 혹평과 마주하다가 곧바로 슬럼프의 나락으로 떨어지는 경우도 있다. 아울러 합평 과정에서 나온 얘기를 듣고 섣불리 작품에 손을 댔다가 이도저도 아니게 된 사례도 많다. 반대로 모임에서 들은 얘기대로 고친 작품이 호평을 받거나 지지부진한 글쓰기에 활력과 자극이 된 사례들도 있다. 따라서 섣불리 좋다 나쁘다 할 얘기는 아니지만 몇 가지 기준을 얘기해 줄 수는 있다.

먼저, 처음 글을 쓰기 시작할 때는 가급적 모임에 참석하지 않는 게 좋다. 아직 자기 글에 자신감이 없는 상황이라면 이리저리 흔들릴 수 있으니까 말이다. 지적을 거듭 받다보면 자신감이 떨어지면서 슬럼프가 오거나 최악의 경우 글쓰기를 포기할 수도 있다. 거기다 이런 모임에 가면 지적하는 걸 사명처럼 여기는 사람이 한두 명씩 존재한다. 그러니까 적어도 누군가 내 글을 혹평해도 버틸 만한 자신감이 생길 때까지는 참여하는 걸 재고해 봐야 한다. 아울러, 이런 모임에서는 일정 기간 안에 글을 쓰는 걸 목표로 정하고 마치 숙제처럼 해오라고 요구하기도 한다. 하지만 글이라는 게 그렇게 쉽게 쓰일 리가 없다. 글을 쓸 마음가짐이 안 되어 있는데 억지로 글을 쓰다가는 역시 슬럼프와 맞닥뜨릴 수 있다. 그러니까 처음부터 무작정 참여하지 말고 마음의 준비를 하고 나서 시작하는 게 좋다. 그리고 의외로 많은 사람들이 추천자의 얘기를 듣고 모임에 덥석 참여해버린다. 당연히 추천자는 좋은 의도로 얘기했겠지만 구성원과의 합이 맞는지는 별개의 문제다. 따라서 전문 용어로 옵저버, 쉬운 용어로는 깍두기로 한두 번 참여해 본 다음에 결정해야 한다.

가장 우려스러운 점은 합평을 위한 합평 모임으로 변할 수 있다는 것이다. 사실 타인의 글을 이리저리 살펴보면서 얘기하는 것만큼 재미있는 건 없다. 묘한 중독성과 사명감까지 겹치면 상대방을 위한다는 명목으로 가혹하기 그지없는 합평이 나올 수 있다. 물론 그런 것이 도움이 안 되는 건 아니지만 명심하시라. 출간에 관한 결정권은 합평을 하는 작가가 아니라 출판사가 가지고 있다. 합평 모임에서 들은 얘기로 아무리 열심히 고쳐봤자 출간에 도움이 안 된다는 것이다. 거기다 작가가 보는 기준은 자기 작품이다. 따라서 합평을 하면서 은근히 자신의 작품과 비교하면서 얘기하게 된다. 그걸 따라 하다 보면 상대방과 비슷한 작품으로 바뀔 수 있다. 독창성이 생명인 출판계에서 누군가와 닮거나 영향력을 많이 받은 작품을 선보인다는 것은 속된 말로 폭망의 길을 걷는 것과 다름없다. 그러니까 모임은 신중하게 생각해서 들어가고, 들어간 이후에는 꾸준히 활동해야 한다. 글은 엉덩이로 쓴다는 얘기가 있다. 반짝 하는 것보다 오랫동안 쓰고 고치고 하면서 앞으로 나아가야 한다는 의미다. 그러니까 모임은 신중하게 생각해 가입하고 나에게 도움이 될 만한 사람들과의 느슨한 인간관계로 여기며 출발하기를 추천한다. 물론 나중에 마음에 맞는 사람끼리 합평이나 글쓰기 모임을 만드는 건 도움이 된다. 좋은 사람이라고 생각한다면 수단 방법을 가리지 말고 옆자리를 지켜라. 뭐 하나라도 배우는 게 있을 것이다. 나는 원래 굉장히 오만하고 성격이 급하고, 우유부단한 사람이었다. 그런데 스승님들을 통해 겸손과 차분함과 목표의식을 배웠다. 30대 초반에 글을 쓰기 시작해 너무 늦었다고 안달복달했더니 자기는 40대에 글을 처음 썼다고 진정시켜주었다. 왜 일이 안 풀리느냐고 발을 동동 구르니까 다 때가 있으니까 너무 걱정 말라고 했다. 그때는 미심쩍었지만 정말로 다 때가 있는 법이었다. 그리고 뭘 해야 할지 패닉 상태에 빠진 나에게 이쪽으로 오라고 길을 알려줬다. 세상 모든 일이 그렇듯 글쓰기 역시 혼자 하는 것이 아니다. 그러니까 누군가와 함께 갈 수 있는 기회가 있다면, 그가 좋은 사람이라면 주어진 기회를 놓치지 말아야 한다. 나처럼 말이다.

번외 4) 출판사는 어떻게 검증하죠?

계속 얘기하는데, 계약서를 꼼꼼하게 보는 것은 중요하지만 그 문제 때문에 법정까지 가거나 혹은 법적인 다툼을 벌이겠다고 결심한다면 그 자체가 실패다. 그 과정까지의 정신적인 고통은 말할 나위가 없고, 무엇보다 법정에 서게 되면 시간과 비용이 들어가기 때문이다. 그러니까 문제가 될 법한 출판사와는 아예 계약을 하지 말라는 뜻이 되는데 작가가 천리안이 있는 것도 아니고 문제가 있는 출판사라는 걸 어떻게 알 수 있느냐는 문제점에 봉착한다. 일단, 문제가 있는 계약을 들이미는 출판사는 대부분 잘 알려지지 않는 곳이다. 이름을 대면 알 만한 출판사는 굳이 그럴 필요가 없고, 그럴 수도 없다. 유명 작가들과 계약하는데 허술하거나 작가에게 지나치게 불리한 계약서는 쓰지 못하기 때문이다.

책의 출간 종수가 많거나 오래된 출판사도 위험성이 적

다. 문제가 있으면 오래 버티지 못하기 때문이다. 가장 좋은 건 직접 경험해보는 것이지만 작가에게는 쉽지 않은 일이다. 간혹 출판사 내부에서 임금 체불이나 기타 문제가 불거지기도 하는데 작가 입장에서는 알 수도 없고 개입하기도 어렵다. 따라서 가장 좋은 건 풍문으로 들어보는 것이다. 앞서 얘기한 대로 해당 출판사와 일을 해본 적이 있는 작가에게 물어보는 것이 가장 빠르고, 일을 했던 편집자에게 물어보는 것도 좋은 방법이다. 물론 한 명이 아니라 여러 명에게 얘기를 들어보고 공통적으로 문제가 있다는 얘기가 나오면 진짜 문제가 있는 곳일 가능성이 크다. 한 가지 팁을 알려주자면 언제까지 이 사이트가 있을지 모르겠지만 북에디터(www.bookeditor.org)를 이용하면 된다. 원래는 출판계의 이런 저런 소식들을 전하고 정보를 주고받는 목적의 사이트였지만 시간이 지나면서 대부분 활동이 중지되거나 미미해졌다. 가장 활성화되어 있는 부분은 '편집자 광장' 내의 '구인/구직' 코너다. 이곳에는 하루에 약 10 ~ 30건 정도의 게시물이 올라온다. 여러분이 눈여겨봐야 할 것은 바로 구인이라는 말머리를 단 게시물이다. 당연히 출판사에서 직원이나 외주자를 뽑는 글이다. 그런데 직원이나 외주자를 찾는다는 게시물이 너무 자주 올라오는 출판사가 몇 군데 있다. 회사 규모도 안 큰데 직원이나 외주자를 자주 뽑는 건 한 가지 이유밖에 없다. 급여나 비용 지급을 비롯해 치명적인 문제가 있다는 뜻이다. 이런 곳이 제대로 된 책을 낼 가능성은 극히 적다. 책을 편집할 편집자나 홍보할 마케터가 다른 일에 시달리거나 혹은 이직을 꿈꾸는 상황이기 때문이다.

덧붙여서 간혹 출판사의 구인 게시글에 댓글이 달릴 때가 있다. 아직도 쥐꼬리만 한 급여를 주고 뽑을 생각을 하느냐, 혹은 일이 너무 힘든데 사람 취급도 하지 않는다는 식의 악평이 달리는 것이다. 다른 대댓글이 그 얘기가 맞다고 동조하거나 출판사가 명확하고 구체적인 수치를 들어 반박하지 못하는 곳도 걸러야 한다. 마지막으로 해주고 싶은 말은 출판사와 작가 사이에도 '상성'이 존재한다는 것이다. 아무리 크고 유명한 출판사라도 나와 맞지 않는 곳이 있고, 이름 없는 작은 곳이라도 나와 잘 맞는 곳이 있다. 이럴 경우 당연히 주저하지 말고 후자를 택해야 한다. 큰 출판사에서 더 많은 기회가 올 수도 있고, 더 빨리 성장할 수도 있겠지만 그런 기회가 작은 출판사라고 안 오는 것은 아니다. 중요한 것은 나와 맞는 출판사, 정확하게는 나를 잘 알고 도와주는 편집자와 마케터가 있는 곳을 찾아야 한다. 계약서를 쓰면 안 되는 출판사를 골라내는 일보다 수백 배는 더 중요한 일이다. 아울러서 그런 곳을 찾아서 일할 수 있다면 계약서를 쓰고 검토하는 건 글자 그대로 요식 행위가 될 것이다.

기억해야 할 것은 내가 출판사를 검증하는 동안 출판사 역시 나를 검증하고 있다는 것이다. 따라서 평판을 관리하고 유지하는 것이 나에게 맞는 출판사를 찾는 가장 좋은 방법이기도 하다. 실제로 뛰어난 실력을 가지고 있는데도 유독 안 풀리는 작가가 있다. 알고 보니 출판사와 계속 심하게 트러블을 일으켰고, 그러면서 까다롭고 어려운 작가라는 소문이 돌면서 출판사들이 기피했던 것이다. 이걸 왕따나 갑질이라고 볼 문제는 아니다. 반대로 작가가 출판사를 고르거나 피하는 경우도 있으니까 말이다. 작가는 몇 달, 혹은 몇 년의 시간과 소중한 아이템을 희생시키지 않으려 하는 것이고, 출판사는 피 같은 돈과 시간을 날릴 상황을 피하고자 하는 것이다. 따라서 가장 좋은 검증 방법은 내가 인격적으로나 문학적으로 높은 완성도를 보이는 것이다. 성인군자가 될 필요는 없지만 적어도 내가 쓴 책의 걸림돌이 되어서는 안 된다는 뜻이다. 글을 쓰는 건 특이하고 멋진 일이지만 특권이거나 혹은 타인보다 우월하다는 것을 의미하지는 않는다. 그러니까 글을 쓴다는 이유로 타인을 낮춰보거나 쓸데없이 우월하다는 마음을 가질 필요는 없다. 몇 년에 한 번씩 직업별 소득 수준이 기사화될 때마다 작가나 시인이 밑바닥에 있다는 건 만천하에 알려지니까 말이다.

"비결은 출판사의 신뢰에
어긋나는 일을 하지 않는 것이다."

제 3 장

작가의 의무

창작은 아트,
출판은 비지니스

좋은 출판사를 찾고 계약서를 꼼꼼하게 살펴보는 것만큼이나 중요한 게 바로 '좋은' 작가가 되는 것이다. 내가 파주출판도시에서 바리스타로 일하던 카페는 출판사 편집자들의 '대나무 숲'이었다. 편집자들은 점심을 먹고 커피를 마시러 오는 경우가 아니면 대개 작가와의 미팅 때문에 들른다. 그게 아니라면 혼자서 조용히 있어야 할 상황이거나 회사를 그만두고 짐을 정리했는데 버스가 올 때까지 어디선가 기다려야 할 때다. 그것도 아니라면 폭발하기 일보직전의 상황이다. 당시 내가 일하던 카페는 오후가 되면 고즈넉해서 소리를 질러도 괜찮았기 때문이다. 덕분에 출판사 편집자들이 어떤 일로 열 받아 하고 힘들어 하는지를 잘 알게 되었다. 그리고 그때의 기억이 내가 작가로 자리 잡는 데 큰 도움이 되었다는 것은 두말할 나위가 없다. 어떤 행동을 해야 하고, 어떤 행동을 피해야 하는지 오랫동안 데이터를 쌓은 셈이었으니까 말이다.

우선 내가 의도했든, 의도한 것이 아니든 출판사 편집자에게 '갑질'을 한 적이 있는지 없는지를 생각해봐야 한다. 내가 무슨 갑질이냐고 생각하는 작가가 대부분이겠지만 사소한 것부터 큰 것까지 생각지도 못한 곳에서 문제가 생길 수 있다. 가장 피해야 할 것이 바로 '저녁 식사'다. 나에게는 문학을 얘기할 수 있는 즐거운 시간이지만 편집자에게는 야근 아닌 야근이 될 수 있다. 그리고 대부분 이런 자리는 작가의 스케줄에 맞추기 때문에 편집자는 다른 일이 있어도 끝날 때까지 앉아 있어야만 한다. 물론 당사자는 좋은 시간이었다고 말하겠지만 어떤 직장인도 퇴근 이후에 부서장이나 함께 있기 곤란한 사람과의 저녁 시간을 내켜하지 않는다. 따라서 저녁을 먹는 건 최대한 자제하고, 음주는 더욱 더 줄이는 게 좋다. 사실 필요한 얘기는 점심 식사나 차를 마시면서도 가능하고, 이메일이나 전화로도 충분하다. 그러니까 상대방이 먼저 얘기하기 전에는 저녁 식사를 하자고 하는 건 가급적 피하는 게 좋다.

다음으로 일정 관리다. 계약서에는 보통 1년 후에 집필을 완료하는 것으로 돼 있고, 원고를 받은 출판사는 6개월에서 1년 안에 책을 내는 것으로 돼 있다. 하지만 파주출판도시에서 일할 때 편집자들의 가장 큰 번뇌와 고통을 가져다 준 문제가 바로 작가가 제때 원고를 주지 않는다는 것이었다. 설마 했는데 나중에 작가들을 만나보니 의외로 마감 일정을 신경 쓰지 않는 분이 많았다. 심지어 마감일을 글쓰기 시작하는 날로 본다고 자랑스럽게 얘기하는 작가도 본 적이 있다.

출판사는 작가와 계약을 하면 보통 출간 일정을 잡는다. 그런데 한두 달도 아니고 훌쩍 밀려버리면 일정에 펑크가 난다. 그러면 출판사 대표는 작가에게는 뭐라 하지 못하고 편집자가 일정 관리를 못한다고 화를 낸다. 그러면 편집자는 작가와 대표 사이에서 샌드위치 신세가 되고 만다. 내가 흔히 하는 얘기 중 하나가 바로 '창작은 아트, 출판은 비즈니스'라는 것이다. 책을 내는 건 수천만 원의 비용과 여러 명의 인력이 소모되는 사업이다. 따라서 수익을 생각하지 않을 수 없다. 그런데 그 시작점인 일정부터 어긋난다면 다른 것에도 문제가 생길 수 있다. 심하게 얘기하면 공장에서 상품을 납품하는 데 납기를 어긴다고 생각해봐라. 물론 작가는 공장이 아니고, 글은 상품이 아니다. 하지만 책을 만들고 판매하는 것은 공장의 물품을 파는 것과 다를 바 없다. 그러니까 좀 더 비즈니스적인 시선으로 출판을 바라봐야 한다. 어떤 사람은 내가 유명하거나 특별한 히트작이 없는데도 꾸준히 책을 내는 비결이 뭔지 궁금해한다. 그 비결은 출판사의 신뢰에 어긋나는 행동을 하지 않는 것이다. 일단 일정에 맞춰 원고가 완성돼 들어오는 것만으로도 굉장히 큰 플러스 요인이 된다. 출판사와의 약속은 가급적 지켜야 한다. 거듭 얘기하지만 글을 쓰는 건 굉장히 어려운 일이다. 하지만 그 이유로 다른 사람에게 고통을 전가해서는 안 된다. 만약 일정을 어길 것 같으면 미리 전화해서 상황을 설명하고 연장해야 한다. 쓸 자신이 없으면 미안하다고 사과하고 받은 계약금을 돌려주는 게 예의이자 작가가 취해야 할 행동이다.

계약서는 출판사뿐 아니라 작가에게도 지켜야 할 의무를 짊어지게 한다. 그 짐의 무게를 이겨낼 자신이 없다면, 계약서를 써서도, 책을 내서도 안 된다. 아울러 이런 식으로 출판사를 괴롭히면 심각한 부작용이 일어난다. 출판사가 국내 작가를 외면하고 일정을 어길 일이 없는 외국 작가의 작품만 만들게 된다. 이미 완성된 책이라 번역만 하면 되기 때문에 상대적으로 일정이 어긋날 일이 — 물론 일정을 어기는 번역가도 있다 — 적다. 실제로 나에게 한국 작가에게 이리저리 시달려서 외국 작가의 책만 출판한다고 말한 출판사 대표가 몇 명 있다. 세상을 지키는 문학을 하면서 약속을 밥 먹듯이 어기는 사람은 작가라고 부를 수 없다. 더욱이 주변 사람에게 고통을 전가하는 방식이라면 더더욱 그러하다. 물론 작가라고 처음부터 이렇게 나오지는 않았을 것이다. 하지만 계약서를 쓰고 출판사가 작가에게 최선을 다해주는 모습을 보면서 저도 모르게 변할 수 있다. 사람은 앉은 자리에서 본 풍경과 서서 보는 풍경이 달라지면 변하게 마련이니까. 종종 편집자에게 커피나 밥을 사도록 하자. 물론 출판사가 작가와 만날 때 비용 처리를 한다고는 하지만 나는 이것이 작가의 갑질로 이어지는 문제점 중 하나라고 본다. 처음에는 겸연쩍어하다가 나중에는 당연한 것처럼 얻어먹게 되고, 그러면서 자기도 모르게 '갑질'을 시전하게 되는 것이다.

도덕성이라는 안전장치

그리고 작가로서 반드시 지켜야 할 지침은 '도덕성'을 갖춰야 한다는 것이다. 앞서 살펴봤지만 계약서에는 이런 조항이 있다. 계약한 책에 법적인 문제가 발생하면 작가가 책임져야 한다는 부분이다. 실제로 신경숙 작가를 비롯해서 몇몇 작가의 표절 문제가 언론에 오르내렸다. 물론 명확한 가이드라인이 없긴 하지만 대략 한 문단 안에 똑같은 단어가 같은 순서로 일정 이상 배열될 경우 표절로 보고 있다. 아울러 타인의 논문이나 창작물을 허가 없이 대량으로 이용하면서 출처 표시를 하지 않는 것도 표절로 보고 있다. 이런 복잡한 얘기를 할 필요 없이 그냥 누가 봐도 베껴 쓴 게 맞다면 표절로 봐야 한다. 하늘에 맹세코 아니라며 억울하다는 변명을 많이들 하지만 글을 쓰는 사람이라면 알 것이다. 소재나 진행 방식이 비슷할 수는 있어도 문장까지 똑같은 경우는 극히 드물다는 것을. 앞서 얘기했듯이 문장은 지문과 같기 때문에 같은 주제, 같은 사건, 같은 등장인물이 나온다고 해도 똑같은 문장이 나올 리 없다. 가급적이면 소재도 겹치지 않도록 피하는 게 좋다.

몇 년 전 유품정리사라는 직업이 소개된 적이 있다. 고독사 하거나 범죄에 의해 희생된 사람의 유품을 정리하는 직업인데 이런 시신은 몇 달 동안 방치되는 경우가 많다. 따라서 이런 현장을 정리하는 건 굉장히 힘든 일이다. 이런 유품 정리 업체의 대표가 쓴 에세이집이 발간된 적이 있었는데 그걸 보고 바로 출판사에 전화했었다. 소설 소재로서 '딱'이기 때문이다. 그런데 출판사에서는 잔뜩 희망에 부풀어 있던 나에게 카운터펀치를 날렸다. 나보다 먼저 몇 명의 작가가 연락을 해왔다는 것이다. 다른 작가가 먼저 쓰거나 혹은 비슷한 시기에 책이 나올 수 있다는 생각이 들었다. 아깝지만 포기하려던 찰나, 어떤 생각이 머리를 스쳐지나 갔다.

"꼭 현대를 배경으로 할 필요는 없잖아."

그렇게 탄생한 것이 바로 조선시대 여성들의 유품을 정리해주는 여주인공이 등장하는《유품 정리사 - 연꽃 죽음의 비밀》이다. 2019년 부산국제영화제 아시아 필름마켓에서 피칭 작으로 선정되었고, 드라마 판권이 판매되었다. 내가 만약 현대를 배경으로 하는 유품정리사 이야기를 쓰자고 고집했다면 이런 성과를 거두지 못했을 것이다. 내가 조금 손해 보더라도 오해의 소지나 불필요한 경쟁을 줄이는 것이 롱런의 지름길이 된다. 모 출판사에서 진행하는 소규모 공모전에서 심사를 맡은 적이 있었다. 그런데 심사한 작품이 당시 내가 쓰고 있던 작품과 비슷했다. 같은 시대, 같은 직업을 주인공으로 했는데 하필이면 공모전에서 마주친 것이다. 온갖 고민을 했지만 결국 내가 쓰던 작품의 플롯을 전면적으로 바꾸는 걸로 결론을 내렸다. 이럴 필요 없지 않느냐는 생각이 들긴 했지만 잠시뿐이었다. 나는 평생 글을 쓰면서 출판계에서 지낼 생각이다. 그러려면 자그마한 문제도 일으켜서는 안 된다는 나만의 원칙이 우선이었다.

특히, 표절은 스포츠로 치면 약물복용이고, 시험으로 비교하자면 컨닝과 다름없다. 물론 잘 쓴 문장이나 단어를 보면 써보고 싶을 것이고, 혹시나 나도 모르게 그걸 쓸 수도 있다. 하지만 어떤 경우건 표절은 표절일 뿐이다. 하늘 아래 새로운 것은 없다 하지만 창작은 엄연히 타인과 다른 자신의 독창적인 아이디어에서 시작해야 하고, 그것이 글쓰기의 시작점이다. 아무리 문장이 좋고, 캐릭터를 잘 만들어도, 끝내주는 반전을 만들었다 해도 타인의 아이디어를 가져다 쓰는 건 용납되어서는 안 될 일이다. 하지만 표절 시비는 대개 시비에서 시작해 시비로 끝난다. 당사자인 작가가 아니라고 버티는 경우가 많기 때문이다. 이 와중에 등이 터져나가는 건 출판사다. 문제가 생기면 책을 회수해서 폐기하든지 보관해야 하는데 회수하는 데도 비용이 들고 폐기나 보관 모두 돈이 들기 때문이다. 아울러 이런 저런 구설수에 올라서 책 판매에 타격을 주는 일도 피해야 한다. 성인군자가 되라는 소리가 아니라 사고 칠 위험을 줄이라는 뜻이다. 실제 피해는 당사자가 보지만 그 옆의 출판사에도 불똥이 튈 수 있으니까 말이다.

마지막으로 책이 나오면 뒤에서 팔짱만 끼고 지켜봐서는 안 된다. SNS에 책이 나왔다고 소식도 전하고, 중간 중간

홍보도 해야 한다. 자기 SNS에 자기 책을 소개하는데 광고하느냐고 화를 내거나 손가락질 할 사람은 없다. 이렇게 얘기하면 작가가 점잖지 못하게 그런 짓을 하느냐는 반응과 종종 마주친다. 책을 파는 건 출판사의 몫이라고 하면서 말이다. 하지만 계약서를 쓰고 책이 나오면 원작자인 작가에게도 역시 그에 대한 책임이 어느 정도 있다고 할 수 있다. 물론 계약서에는 그런 항목은 없다. 하지만 계약서에 적혀 있지 않더라도 작가의 의무라는 것이 존재한다. 유명한 작가는 그래서 TV에 출연하고 언론과 인터뷰를 한다. 그렇지 못한 작가는 자신의 SNS에 책을 소개하면서 홍보에 동참하는 것이다. 실제로 얼마나 효과를 볼지는 모르겠다. 미미해서 쓸모없는 일이라고 생각한다 하더라도 틀린 얘기는 아닐 것이다. 하지만 작가가 적극적으로 나서서 홍보하는 책은 독자들에게 호기심을 일으키고 안정감을 준다. 대체 어떤 책인데 작가가 저렇게 나서서 얘기하는지, 그러면 한번 읽어볼까 하는 생각들이 교차하는 것이다. 자신의 책을 사랑한다면, 그리고 계약서의 무게를 존중한다면 당연히 해야 할 일이라고 믿는다.

평판 관리

평판의 사전적 의미는 세상 사람들의 비평이다. 그러니까 주변에서 나를 어떻게 보고 판단하는지를 얘기하는 것이다. 간단하게, 주변에서 누군가 '재 어때?'라고 물으면 '걔?'라고 하면서 그 뒤에 붙는 말들이다. 물론 여기에서 얘기하는 주변은 출판계를 뜻한다. 정확하게는 출판사 관계자와 가까운 작가를 얘기한다. 작가가 조선시대 양반도 아니고 평판을 관리해야 할 이유를 모르겠다고 묻는다면 내 대답은 한결같다.

"여긴 좁은 동네야."

출판계는 고인물 천국이고, 의외로 좁은 곳이라 관계자의 움직임이 금방 눈에 띈다. 예를 들어 어느 편집자가 어디로 이직했는지, 어떤 작가가 지금 어디랑 계약해서 뭘 쓰고 있는지, 어떤 출판사가 이번에 무슨 작품을 준비하는지를 비롯해서 사생활에 가까운 문제까지 얘기들이 오고 간다. 왜 그러냐면 그런 것들이 출판사와 작가의 행보에 큰 영향을 미치기 때문이다.

출판사는 늘 잘 쓰는 작가에 목마른 상태고, 작가는 어떤 출판사가 나를 원하는지 촉각을 곤두세운 상황이다. 이런저런 정보가 오고가다 보면 작가에 대한 '평판'이 형성된다. 좋은 작가인지, 나쁜 작가인지, 어떤 장르를 잘 쓰는지, 어느 출판사랑 일하고, 누구랑 가까운지부터 성격적인 측면까지 자잘한 이야기가 오간다. 어떻게 생각할지 모르지만 출판계의 특성이니까 좋다 나쁘다 할 문제는 아니다. 내가 이 업계에서 계속 있고 싶다면 적응해야 하는 부분 중 하나일 뿐이다. 그게 싫어서 은둔한다고 해도 별 소용없다. 근황들은 끊임없이 오르내리기 때문이다.

이런 평판은 굉장히 중요한 관문 역할을 한다. 출판사는 한 작가의 책을 내겠다고 결심하기까지 굉장히 다양한

각도에서 검토한다. 물론 책을 얼마나 팔 수 있는지, 좋은 글을 쓰는지도 중요하지만 평판에 문제가 있는지 없는지도 점검 대상 중 하나다. 혹시나 책을 냈는데 예상치도 못한 작가의 사생활 문제가 불거지거나 부적절한 언행을 한 SNS가 발굴된다든지 하면 출판사 입장에서는 굉장히 답답해지기 때문이다. 당연히 작가가 가장 큰 비난을 받겠지만 출판사 역시 금전적인 손해는 물론이고 애써 쌓아놓은 이미지를 망치게 된다.

최근 들어서 작가의 평판이 출판을 결정하는 데 점점 중요한 요소가 되어가고 있다. 당연히 평판이 좋다면 별 문제가 없지만, 이런 저런 이유로 문제를 일으킨다면 점점 밀려날 것이다. 작가 지망생은 넘쳐나고 있고, 베스트셀러 작가가 아닌 이상 대체할 만한 작가는 계속 등장하기 때문이다.

이 평판은 어떻게 만들어가야 하느냐? 열심히 하고 타인에게 폐를 안 끼치고, 편집자들에게 갑질 하지 않고, 약속한 일정을 잘 지키면 된다. 동료 작가를 항상 칭찬하고 용기를 북돋워주는 교류도 필요하다. 출판은 사람으로 시작해서 사람으로 끝나기 때문에 더더욱 업계 종사자와의 관계를 잘 유지할 필요가 있다.

나는 평판을 유지하고자 노력하는 것이 책을 내고 계약서를 쓰기 위한 행동이 아니라 작가가 출판계에 마땅히 보여야 할 '존중'이라고 생각한다.

계약서에 관한 이야기를 책으로 내겠다고 결심하고, 그걸 실행에 옮기는 동안, 그리고 마침내 에필로그라는 마침표를 찍는 동안 내 머릿속에는 작가 지망생들에게 도움과 희망이 되고 싶다는 생각밖에 없었다. 작가 지망생은 어떻게 보면 세상에서 가장 불쌍하고 안타까운 도전자일지 모르겠다. 경쟁은 어마어마하게 치열하고, 성공했다 해서 막대한 금전적인 보상이나 명성이 뒤따르는 것도 아니다. 거기다 쇠락하고 있는 업종이고, 변화는 또 엄청나게 빨라서 적응하기도 쉽지 않다. 그럼에도 불구하고 해마다 수많은 작가 지망생이 도전하고 있다는 건, 세상에 내 이름으로 된 글을 내놓겠다는 꿈을 꾸기 때문이라고 믿는다.

나 역시 그중 한 명이었고, 어마어마하게 운이 좋은 덕분에 살아남게 되었다. 그래서 특별한 능력이나 재능이 있어서 그 어마어마한 경쟁을 뚫고 작가로 자리 잡은 것이라고는 단 한순간도 생각하지 않았고, 앞으로도 그럴 것이다. 초반에 겪은 시행착오 중 하나라도 내 발목을 잡았거나, 두 명의 스승님을 비롯해서 주변의 도움과 응원이 없었다면 당연히 나는 이 자리에 없었을 것이다. 그런 일련의 과정을 거치면서 나에게 글이란 무엇인가를 생각했고, 그 시작점인 계약서를 소중하게 생각했다. 반대로 뛰어난 재능을 가지고 있었지만 사소한 실수로 글쓰기를 포기해야 했던 동료를 너무나 많이 봤다. 그중에는 계약서를 잘못 쓰거나 제대로 이해하지 못해서 고통을 받는 사례도 적지 않았다.

물론 이 책을 읽는다고 계약서를 바로 쓰거나 완벽하게 이해하지는 못할 것이다. 내가 빼먹은 것도 있을 것이고, 계약서가 계속 수정되기 때문이다. 아울러 계약서를 받아든 상황이 각각 다르므로 내 경험이 꼭 정답이라고 말하기도 어렵다. 하지만 한 가지는 확실하다. 계약서를 받을 때가 가장 행복한 순간이며, 그걸 계속 맛보려면 부단한 노력을 기울여야 한다는 점 말이다. 글쟁이들은 유명세의 차이만 있을 뿐 같은 길을 걷는 공동운명체다. 그래서 글을 쓴다는 이유만으로 도움의 손길을 내미는 고마운 작가들이 많다. 나도 그 혜택을 받은 사람 중 하나이기 때문에 기회가 될 때마다 은혜를 갚으려고 노력 중이다.

지금 이 순간에도 수많은 작가들이 고뇌에 빠진 채 키보드를 두드리고 있다. 뒤처지고 싶지 않다면 남들보다 조금이라도 더 노력하겠다는 마음가짐을 가졌으면 하는 바람이다. 글쓰기는 충분히 그럴 만한 가치가 있는 일이니까 말이다.